www.tredition.de

Für meine verstorbene Schwester Marlies.

*Sie hat immer an mich geglaubt und
mich darin bestärkt, zu schreiben.
Auf diesem Weg möchte ich ihr
Danke sagen.*

Anne Schröter

Gefangen im Netz der Lüge

www.tredition.de

© 2016 Anne Schröter
Lektorat, Korrektorat: Susanne Hebel

Verlag: tredition GmbH, Hamburg

ISBN
Paperback: 978-3-7345-4525-2
Hardcover: 978-3-7345-4526-9
e-Book: 978-3-7345-4527-6

Printed in Germany

Erstes Kapitel

Der kalte Herbstwind weht die ersten Blätter von den Bäumen und die Sonnenstrahlen lassen das Herbstlaub in den schönsten Farben erscheinen. Fröhlich tanzen die roten, grünen und gelben Blätter in den Baumkronen mit dem Wind hin und her. Ein angenehmer Geruch von Laub und Moos liegt in der Luft. Theresa atmet tief durch und wischt sich die letzten Tränen aus den Augen. Sie fröstelt. Deshalb zieht sie den Reißverschluss ihrer etwas zu großen Jacke zu. Sicherlich hat sie in der Eile wieder die Jacke ihres Mannes Holger erwischt. Aber das macht ja nichts, ganz im Gegenteil. Da kann ich mich so richtig schön einmuckeln, dachte sie. Gut, dass Holger sie beim letzten Mal hier vergessen hat. Der Wind hier zwischen den Feldern ist doch schon ganz schön kalt. Ihre langen blonden Haare hatten sich schon teilweise aus der Spange gelöst und ihr Gesicht war kaum noch zu erkennen. Dieser Spaziergang am Rande des Waldes mit dem Blick über die Weite der Felder und Wiesen war jetzt genau das Richtige. Das Gut ihrer Eltern lag in der Nähe von Bredenbeck. Nicht ganz so groß wie man es von herrschaftlichen Gütern gewohnt war, dennoch konnte es sich sehen lassen. Ihr Vater Axel von Dahlhaus erzählte immer ganz stolz, dass sogar seine Ururgroßeltern bereits auf diesem Gut gelebt haben. Soweit Theresa sich erinnern konnte, erwähnte ihr Vater einmal, dass es so etwa im 18. Jahrhundert erbaut wurde. Theresa liebte dieses Landleben, sie hätte sich nicht vorstellen können, woanders beheimatet zu sein. Sie brauchte die Wiesen und Felder, den Wald und das Vogelgezwitscher. Klar war es auch mal schön in die Stadt zu fahren und einfach mal einkaufen zu gehen. Aber dort zu leben? Nein, das konnte sie sich nicht vorstellen. Hier war ihre Heimat und ihr Zuhause! Wehmütig dachte sie zurück an ihre unbeschwerte Kindheit. Ach, könnte man die Zeit doch noch einmal zurückdrehen. Heute würde sie sich ganz anders entscheiden. Aber jetzt war es zu spät! Wie soll es nur weitergehen? Egal wie …, ich muss eine Lösung finden! Ja, ich habe vieles falsch gemacht! Wenn ich ehrlich bin, war ich sogar froh, dass meine Eltern mir diese Entscheidung abgenommen haben. Ich habe das getan, was meine Eltern für richtig hielten.

Theresa ließ ihr bisheriges Leben noch einmal Revue passieren! Wehmütig blickte sie zum Himmel und sah die dicken grauen Wolken, die langsam vorüberzogen. Die passen genau zu meiner Stimmung, dachte sie. „Genauso düster, sieht es gerade in mir aus!"

Die eben geführte Auseinandersetzung mit den Eltern machte die Sache auch nicht leichter. Ganz im Gegenteil. Sie musste erst einmal einen klaren Kopf bekommen. Der plötzliche Tod von Tante Sophia hatte sie völlig aus der Bahn geworfen!

Theresa ahnte schon immer, dass dieser Tag einmal kommen würde, an dem ihr großes Geheimnis auffliegt. Sie quälte sich mit Selbstvorwürfen! Ja, es war ein Fehler, mit solch einer Lüge in die Ehe zu gehen.

Sie hätte ihrem Mann Holger damals alles sagen müssen. Es war sein gutes Recht, die Wahrheit zu erfahren! Wie konnte sie sich bloß auf so etwas einlassen? Selbst wenn Holger sie nicht geheiratet hätte. Dieses Risiko hätte sie einfach eingehen müssen. Ihre große Jugendsünde verfolgte sie Tag und Nacht.

Es war auf einem Rockkonzert, das sie und Helen im Frühjahr besuchten. Helen und Theresa waren damals total begeistert. Ja, sie schwärmten von der Gruppe „Backstage". Sie sammelten alle Fotos und Plakate. Die meisten Mädchen schwärmten natürlich für Roy. Er spielte so gut Gitarre und war einfach der Star der Band. Theresa machte da keine Ausnahme. Auch sie war hin- und hergerissen, wenn sie ihn sah. Diese wunderschönen dunklen Augen mit den langen dichten Wimpern hatten es ihr angetan. Dazu die dunklen Haare mit Gel gestylt, die schöne Bräune in seinem Gesicht. Ach, er sah einfach traumhaft aus! Meistens trug Roy knallenge Jeans und Cowboystiefel. Ab und zu bei größeren Konzerten änderte er gerne sein Outfit, indem er seine Jeans mit einer engen schwarzen Lederhose und einer schwarzen Weste tauschte. Doch sein absolutes Markenzeichen trug er immer. Es war eine Kette mit einem Kreuz aus Strasssteinen. Theresa war damals gerade mal zwanzig, was war sie doch naiv und unerfahren. Sie himmelte Roy förmlich an, wie alle anderen Mädchen auch. Als er ausgerechnet sie nach dem Konzert ansprach, verschlug es ihr fast die Sprache. Theresa hatte damals das Gefühl, unter Hypnose zu stehen. Unter all den Mädchen sei gerade sie ihm aufgefallen. Nach einer kurzen Unterhaltung, die sie mit ihm führte, erkläre Roy ihr, dass er im Hotel seine neuesten CDs habe. Gerne würde er ihr einige davon schenken. Deshalb lud er sie ein, in seiner Hotelbar einen Cocktail mit ihr zu trinken. Helen beneidete sie und riet ihr: „Die Gelegenheit kommt so schnell nicht wieder! Sei nicht dumm! Ich gehe inzwischen mit den anderen in die Disco nebenan. Dort warte ich auf dich!" Theresa willigte ein und begleitete Roy in die Hotelbar. Roy nutzte ihre Unerfahrenheit natürlich aus. An der Hotelbar bestellte er erst einmal Champagner. Theresa fühlte sich geschmeichelt, er verstand es, ihr die schönsten Komplimente zu machen. Nach einigen Gläsern schwebte Theresa im siebten Himmel. Sie glaubte ihm jedes Wort und somit hatte Roy ein leichtes Spiel. Theresa unterschätzte die Wirkung des Alkohols und ließ sich von Roy verführen. Viel zu spät bemerkte Theresa, dass es für ihn nur ein Spaß war.

Später in der Disco fiel sie aus allen Wolken als sie sah, wie Roy ein sehr attraktives Mädchen mit langen schwarzen Haaren leidenschaftlich küsste. Wie versteinert stand sie da. Einer der Bandmitglieder erklärte ihr dann sehr zynisch: „Das ist Sabrina, Roys große Liebe, sie sind seit drei Jahren zusammen! Er kommt nicht von ihr los." Schmunzelnd fügte er hinzu: „Aber trotzdem, ein bisschen Spaß nebenbei, da ist ja nichts gegen einzuwenden, oder?" Dieses hämische Grinsen in seinem Gesicht vergaß sie nie! Vor lauter Scham und den Tränen nahe, verließ Theresa so schnell wie möglich mit Helen die Disco. Helen wäre gern noch geblieben. Doch sie hätte zu gern gewusst was mit Theresa auf einmal los war. Warum Theresa es plötzlich so eilig hatte? Sie war total aufgebracht und wollte nicht darüber sprechen.

Im Nachhinein wusste sie gar nicht mehr, wie sie nach Hause gekommen war. Einige Tage später sprach Helen sie noch einmal auf das Thema an. Ziemlich aufgewühlt flehte Theresa ihre Freundin an: „Bitte Helen, versprich mir eines, erwähne diese Sache nie wieder! Ich möchte nie mehr daran erinnert werden! Versprochen? Schwör es mir, bitte bei unserer Freundschaft, dass du es nie wieder erwähnst!" Helen sah sie mit großen Augen ganz erschrocken an. „Aber Theresa, was ist denn bloß passiert?" Theresa schaute zu Boden und schwieg. Helen befürchtete einiges, sie wird doch wohl nicht …? Ist sie am Ende zu weit gegangen mit diesem Roy? Doch sie schwieg. Es wäre nicht auszudenken. Egal was auch geschehen war. Helen schwor ihr, bei ihrer Freundschaft, diese dumme Sache auf keinen Fall mehr zu erwähnen! Beide Mädchen versuchten, diese Geschichte zu verdrängen. Theresa selbst verschwand auch keinen Gedanken mehr daran, dass sich Roy je noch einmal bei ihr meldete. Nicht eine Träne weinte sie ihm nach, er war es einfach nicht wert. Diese bittere Erfahrung hatte sie schließlich gemacht. Er verschwand genauso schnell aus ihrem Leben wie er gekommen war.

Natürlich machten ihre Eltern ihr Vorwürfe, als sie bemerkten, dass sie schwanger war. Doch die größten Vorwürfe machte Theresa sich selbst. Wie sollte es nur weitergehen? Immerhin hatte sie gerade erst ihr Abitur gemacht! Nach ihrem Arztbesuch hatte sie Gewissheit und beriet sich mit ihrer Mutter. „Ma, ich bin so verzweifelt, ich weiß nicht, wie es weitergehen soll!" „Ja, mein Kind, auch ich bin völlig ratlos. Du musst dir darüber im Klaren sein, mit einem Kind verbaust du dir dein ganzes zukünftiges Leben. Ein Kind großzuziehen bedeutet Verantwortung zu übernehmen! Und was wird mit deiner Ausbildung?" Katharina von Dahlhaus war eine kluge Frau. Ihr war längst klargeworden, mit weiteren Vorwürfen konnte sie ihrer Tochter nicht helfen.

Vielmehr musste eine Lösung gefunden werden. „Ich meine nur, heutzutage muss so etwas doch gar nicht mehr sein." „Was meinst du damit, Ma?" Katharina haderte mit sich selber bevor sie es aussprach. „Was hältst du von einem Schwangerschaftsabbruch?" „Nein, Ma! Darüber brauchen wir uns gar nicht erst zu unterhalten, das kommt für mich nicht infrage!" „Egal wie du dich entscheidest, mein Kind, es wird nicht leicht für dich sein. Schau mal, du hast zwar dein Abitur, aber noch keinen Beruf. Papa und ich wollen doch nur dein Bestes. Ganz davon zu schweigen wie die Leute reden werden. Gerade hier bei uns im Ort. Du weißt, als Gemeindevertreter genießt Vater einen guten Ruf. Er ist in solchen Dingen besonders altmodisch. Ich kann nur versuchen, es ihm so schonend wie möglich beizubringen. Das Donnerwetter höre ich jetzt schon!" „Wann willst du es ihm denn sagen?" „Es wäre nicht klug, wenn ich ihn jetzt störe. Er sitzt gerade in der Wohnstube und schaut sich das Springreiten an. Gleich wenn die Sendung zu Ende ist, gehe ich zu ihm!" Theresa befand sich gerade in der Küche, als sie hörte wie ihre Eltern sich lautstark stritten. Nach einer Weile rief der Vater sie fast zornig zu sich. Katharina von Dahlhaus konnte ihr die Vorwürfe, die er ihr machte nicht ersparen. „Hast du denn keinen Funken Anstand im Leib? Wie konntest du uns so etwas antun? Eine von Dahlhaus lässt sich nicht einfach von einem Dahergelaufenen wie eine Magd schwängern! Die Kollegen im Gemeinderat werden sich die Mäuler über uns zerreißen. Die Forstverwaltung, der Getreidehändler, im Kirchenchor – überall werden sie über uns reden." So wütend hatte Theresa ihren Vater noch nie erlebt! Er schrie sie förmlich an als er fragte: „Weiß schon jemand davon?" Kleinlaut und weinend erklärte sie: „Nein." „Dann soll es auch vorläufig so bleiben! Was ist mit dem Vater des

Kindes?" „Er weiß es nicht, er wird es auch nie erfahren!" Schluchzend fügte sie hinzu: „Ich will ihn nie wiedersehen!" Obwohl Axel von Dahlhaus sehr verärgert war, dachte er darüber nach, wie er den guten Ruf seiner Familie und den seiner Tochter retten konnte.

Diese dumme Geschichte raubte auch ihm den Schlaf. Seine Theresa war doch sonst so ein vernünftiges Mädchen, wie konnte so etwas nur passieren? Nach einigen Tagen kam er zu dem Entschluss, die ganze Grübelei nutzte jetzt auch nichts mehr. Es änderte ja nichts. Früher schickte man solche Mädchen aus besseren Kreisen weit fort. Aber in der heutigen Zeit? Die Leute ... so wichtig waren die auch wieder nicht! Sie würden sich schon daran gewöhnen und irgendwann wächst Gras über die Sache. Sie einfach fortschicken? Nein, das kommt nicht infrage. Axel überlegte, dann machte er ja fast den gleichen Fehler wie seine Eltern damals! Das könnte er sich niemals verzeihen! Axel kam zu der Erkenntnis, sollen doch die Leute reden was sie wollen. Unsere Tochter ist mir wichtiger als mein guter Ruf!

Am Abend saß die Familie in der Wohnstube, um sich zu beraten. Weinend erklärte Theresa: „Ich habe eine große Bitte an euch, ihr müsst mir helfen. Ich möchte auf keinen Fall hierbleiben! Helen darf nie etwas davon erfahren! Sie wüsste dann sofort Bescheid! Das wäre das Schlimmste, was mir passieren könnte! Ich kenne Helen nur zu gut, wenn sie einmal redet, hört sie so schnell nicht wieder auf. Ein Versprecher im falschen Augenblick und schon ist es passiert. Ich traue ihr nicht zu, so etwas mit Absicht zu machen. Schließlich ist sie ja nicht dumm!" Nachdenklich sah Axel seine Tochter an. „Wie stellst du dir das vor? So einfach ist das nicht! Du kannst doch nicht so ganz allein irgendwo in die Fremde ziehen. Nein, nein das geht nicht! Schlag dir das aus dem Kopf. Axel wischte sich angespannt und nachdenklich durchs Gesicht. Blitzartig kam ihm ein Gedanke, der ihm nicht mehr aus dem

Kopf ging. Er ging ohne ein Wort zu sagen, in sein Büro und führte ein längeres Telefonat. Theresa und Katharina warteten gespannt bis er zurückkam. Bei seiner Rückkehr machte er ein ernstes und nachdenkliches Gesicht. Es dauerte eine Weile bis er das Wort ergriff!

Vorsichtig und mit Bedacht machte er einen Vorschlag. „Wie wäre es denn mit London? Ich habe gerade mit meiner Schwester Sophia telefoniert. Du kannst dich bestimmt noch an sie erinnern?" „Ja, ich erinnere mich noch gut, sie war doch vor ein paar Jahren hier. Ich mochte sie auf Anhieb. War das nicht so, dass sie kaum Kontakt zur Familie hatte?" „Ja, du kennst die Geschichte. Jedenfalls habe ich ihr die ganze Situation erklärt, sie würde sich freuen, wenn du dich dazu entschließen könntest, zu ihr zu kommen. Bei Sophia wärst du in guten Händen. Und wir wüssten wenigstens wo du bist. Mutter wäre sicherlich auch beruhigt und könnte dich besuchen kommen. Theresa sah ihn erstaunt an. „Vater, ist das dein Ernst?" Peinlich berührt sah er jetzt Theresa an. „Du hast vollkommen recht, das ist keine gute Idee! Versteh mich bitte nicht falsch, selbstverständlich kannst du hierbleiben." „Aber Vater, ganz im Gegenteil, das ist ja großartig! So wird Helen nie erfahren, dass ich schwanger bin! Ach, Vater, lass dich umarmen. Mama, was sagst du dazu? Ist das nicht prima?" Voller Wehmut und unter Tränen brachte sie hervor „Ja, Theresa, dein Vater hat recht, es wird wohl vorläufig das Beste für dich sein!" „Sieh mal", überlegte Axel laut „du könntest dort in aller Ruhe das Kind bekommen, dann sehen wir weiter. Es liegt natürlich an dir, wie es weitergehen soll. Ich habe Sophia so verstanden, wenn du willst könntest du dort auch eine Ausbildung machen, wie es sich für ein anständiges Mädchen gehört. Sagen wir mal, du bleibst knapp drei Jahre. Dann kommst du zurück und hast einen vernünftigen Beruf. Jedenfalls bist du in der Lage, dein Kind zu ernähren. Soviel ich weiß, geht Frau Reiners, die Sekretärin aus der Gemeindeverwaltung, in drei Jahren in Rente. Und wenn du dich ein wenig anstrengst, kannst du vielleicht ihre Stelle übernehmen. Was hältst du davon?" Theresas sorgen-volles Gesicht erhellte sich zu einem Lächeln.

Theresa traute sich in der nächsten Zeit kaum noch aus dem Haus. Immer war ihr übel und laufend musste sie sich übergeben. Beim letzten Treffen mit Helen in dem Bistro konnte sie sich gerade noch bremsen. Immerhin wollte sie sich doch von ihrer besten Freundin verabschieden. Schließlich musste sie Helen irgendwie glaubhaft erklären, dass sie zum Studieren nach London geht. Glücklicherweise klingelte gerade Helens Handy, es war so laut in dem Bistro, dass Helen hinausging, um in Ruhe zu telefonieren. Wenn Theresa diese Gelegenheit nicht genutzt hätte, zur Toilette zu laufen, wäre es zu spät gewesen! Später entschuldigte sich Helen bei Theresa, da ihr Telefonat etwas länger dauerte. Sie konnte ja nicht ahnen, dass dieser dumme Zufall Theresa gerade recht kam, um sie vor unangenehmen Fragen zu schützen. Schnell wurde Theresa aber klar, so ganz überzeugt von ihren Argumenten nach London zu gehen, war Helen nicht. Bildete sie es sich nur ein, oder betrachtete Helen sie etwas kritisch? Ganz unerwartet stellte Helen mit hochgezogenen Brauen die Frage: „Oder gibt es noch einen anderen Grund, warum du so plötzlich weggehst?" Theresa erschrak und lief rot an. Sie brauchte einen Moment, um sich zu fangen. Lachend schüttelte sie ihren Kopf. „Also Helen, ich weiß nicht was du meinst. Musst du immer irgendwelche Hintergedanken haben? Also pass auf, Vaters Schwester, Tante Sophia, ist doch damals durchgebrannt, mit irgendeinem Künstler. Ich glaube, er war Maler! Es war wohl die ganz große Liebe! Die Familie zeigte damals kein Verständnis dafür und wollte nichts mehr mit ihr zu tun haben. Sie brachen den Kontakt zu ihr vollkommen ab. Irgendwann haben sich die beiden Liebenden aber getrennt und Tante Sophia war ganz allein auf sich gestellt. Sie muss wohl sehr schwere Zeiten durchgemacht haben. Trotz allem hat sie es geschafft! Heute ist sie selbst eine bedeutende Künstlerin, sie stellt glaube ich Skulpturen her. Nach dem Tod meiner Großeltern wurde das Verhältnis zu meinem Vater etwas besser. Sie hat uns auch ab und zu besucht. Zurzeit liegt sie im Krankenhaus und mein Vater macht sich große Vorwürfe." „Das kann ich verstehen, was hat sie denn?" Soviel ich weiß, etwas mit dem Herzen!" „Hat er sie dort drüben denn nie besucht?" „Nein, nie! Anscheinend hat sie ein großes Haus und lebt dort ganz alleine. So ein Angebot hättest du sicher auch nicht abgelehnt, oder? Endlich komm ich mal hier raus. In unserem Kaff ist eh nicht viel los." Ganz mutig fügte sie noch hinzu, um all ihre Zweifel zu zerstören: „Was hältst du davon, wenn du mich begleitest? Das wäre doch prima?" Theresa wusste nur zu gut, Helens Eltern würden das nie erlauben! Helens Gesicht erhellte sich. „Oh, das wäre super!" Doch ihr pausbäckiger blonder Lockenkopf neigte sich kurz darauf sofort zu Boden. „Du kennst doch meine Eltern, die würden das niemals erlauben! Außerdem wäre das viel zu teuer!" „Ach quatsch, wohnen könntest du doch bei uns! Beim Abschied versprach Helen mit ihren Eltern zu reden, in der Hoffnung sie könnte sie überzeugen!" Theresa war sich sicher, somit waren Helens Zweifel ihrer Freundin gegenüber beseitigt! Einige Tage später rief Helen ganz enttäuscht bei Theresa an. Nicht anders als erwartet erklärte sie ihr: „Ich bin total sauer, meine Eltern sind strikt dagegen! Theresa, ich beneide dich, ich wünsche dir eine schöne Zeit und schreib mir mal, wie es dir gefällt. Vielleicht darf ich dich ja einmal besuchen?" Theresa tröstete ihre Freundin, aber was den Besuch anging, da kamen ihr doch einige Bedenken. Das musste sie irgendwie verhindern!

Theresa sah ein, je schneller sie von der Bildfläche verschwand, umso besser.

Bei Sophia war sie am besten aufgehoben. Mit dieser Lösung war sie mehr als einverstanden. Dort kannte sie keiner und niemand würde ihr unangenehme Fragen stellen. Außerdem hatte sie schon immer einmal vor, Tante Sophia zu besuchen. Ihr Vater hoffte natürlich heimlich, Theresa würde irgendwann zur Vernunft kommen und dieses Kind zur Adoption freigeben. Schließlich stand zu viel auf dem Spiel. Vorläufig vermied er es, mit ihr über dieses Thema zu sprechen.

Nachdem Theresa selbst noch einmal mit Sophia telefoniert hatte, erhellte sich ihre Stimmung von Tag zu Tag. Eilig traf sie alle Vorbereitungen, um so schnell wie möglich nach London zu fliegen. Sophia bestätigte ihr nämlich, dass sie überhaupt kein Problem damit habe, sie aufzunehmen. „Ganz im Gegenteil, mein Liebes, ich kann es kaum abwarten bis du da bist! Du wirst dich bei mir schon wohl fühlen, das verspreche ich dir! Vor allen Dingen kommst du mal wieder auf andere Gedanken. Komm bald und überleg nicht mehr so lange!"

Sophia hingegen konnte sich noch allzu gut an ihre eigene Jugend erinnern. Was war sie doch naiv, einfach bei Nacht und Nebel von zu Hause durchzubrennen. Dass ihre Eltern sie nur beschützen wollten und sich Sorgen um sie machten, wollte sie damals nicht einsehen.

Viel zu spät erkannte sie, dass es der falsche Weg war, den sie eingeschlagen hatte. Ihre Eltern konnten es ihr nie verzeihen! Wenn sie damals ihren Bruder nicht gehabt hätte, was wäre wohl dann aus ihr geworden? Jetzt hatte sie die Möglichkeit, ihrem Bruder etwas zurückzugeben. Zumal sie ja keine eigenen Kinder besaß. Und Theresa, ihre einzige Nichte, war ihr von jeher ans Herz gewachsen. Manchmal, so glaubte sie, sich in ihr wiederzuerkennen. Sophia war bereit alles daranzusetzen, um Theresa ein ähnlich schweres Schicksal zu ersparen.

Am Abend vor ihrem Abflug telefonierte Theresa noch einmal mit Sophia. Sophia versprach, sie am Flughafen abzuholen. „Ich kann es kaum erwarten bis du da bist! Alles ist schon für dich vorbereitet. Du wirst staunen, ich hoffe es gefällt dir auch, so wie ich es hergerichtet habe." Theresa war überglücklich als sie auflegte. Wusste sie doch jetzt, dass sie herzlich willkommen war! Am nächsten Morgen umarmten Axel und Katharina ihre Tochter beim Abschied sehr innig. Es fiel ihnen nicht leicht, sie gehen zu lassen. Noch sah man ihr die Schwangerschaft nicht an. Für einen Moment dachte Axel kurz darüber nach, wie schnell doch die Zeit vergangen war. Aus seinem kleinen Mädchen ist nun eine junge Frau geworden. Für ihn schien es unvorstellbar, dass sie bald Mutter werden sollte. Später, nachdem das Taxi abgefahren war, ging er traurig mit seiner Frau Hand in Hand ins Haus zurück. Katharina flüsterte mit Tränen erstickter Stimme leise vor sich hin: „Unsere kleine Theresa, wer hätte das gedacht." „Ja, sie wird uns fehlen! Aber es ist besser so. Du wirst schon sehen!"

Bei Theresas Ankunft umarmte Sophia ihre Nichte ganz herzlich. „Ich bin ja so glücklich, dass du endlich da bist." „Tante Sophia, du glaubst nicht wie froh ich bin, dass ich bei dir sein darf. Mute ich dir auch nicht zu viel zu?" „Ach, mach dir doch darüber keine Gedanken, ganz im Gegenteil, ich freu mich doch, dass endlich Leben ins Haus kommt." „Und das mit dem Baby?" Sophia antwortete lachend: „Das kriegen wir schon hin. Du bist nicht das erste Mädchen, dem so etwas widerfährt. Jetzt bist du erst einmal bei mir! Nur das Wort „Tante", das lässt du schön bleiben, von nun an bin ich für dich Sophia!" Freudig stimmte Theresa in ihr Lachen ein.

Zum ersten Mal konnte Theresa wieder tief durchatmen und brauchte sich nicht zu verstecken. Sophias Haus lag außerhalb der Stadt. Eine Art Patrizia-Villa mit einem wunderschönen Garten. Seitlich am Haus befand sich Sophias Werkstatt, in der sie ihre Skulpturen fertigte. Vor der Haustür standen jeweils auf einem kleinen Podest zwei kleine sitzende pausbäckige Engel aus Stein, die Sophia natürlich selbst entworfen hatte. Theresa konnte sich kaum vorstellen, dass Sophia in der Lage war, solch schöne Skulpturen anzufertigen. Diese kleine etwas drahtige Person konnte anscheinend richtig zupacken. Mit ihren rotblonden kurzen Haaren sah sie sogar nahezu burschikos aus. Sophia machte nicht den Eindruck einer Lady, nein, sie war eher der sportliche Typ. Genauso kleidete sie sich auch. Theresas Augen wurden immer größer: „Sophia, was ist das schön hier! Der Garten sieht fast so aus wie bei uns zu Hause. Vater hat mir vor langer Zeit mal Bilder von deinem Haus gezeigt. Aber so schön hätte ich es mir nicht vorgestellt! Darf ich mir erst einmal den Garten genauer ansehen?" „Aber ja, ich bringe inzwischen dein Gepäck ins Haus!" Hinter dem Haus auf der großen Wiese befand sich ein Springbrunnen mit einer Skulptur aus Marmor. Sie zeigte ein Mädchen mit langem Haar, das kniend ihre Hände zum Wasser streckte, um es aufzufangen. Theresa war beeindruckt von diesem lieblichen Gesicht des Mädchens. Es wirkte irgendwie traurig und melancholisch. Wenn man davorstand und dem plätschernden Wasser lauschte, kam man so richtig ins Träumen. Um den Brunnen herum lagen weiße Kieselsteine, eine kleine, halbrunde Bank lud zum Verweilen ein. Die großen, rund geformten Buchsbäume, die im Halbkreis standen, vollendeten dieses Bild.

Am Zaun entlang standen große Rhododendronbüsche in den schönsten Farben. Als Theresa den Duft dieser Blüten wahrnahm, dachte sie an zu Hause. Der parkähnliche Garten ihrer Eltern war voll damit, überall wo man hinsah standen Rhododendronbüsche. Sophia kam in den Garten und lächelte vielsagend, als sie bemerkte, wo Theresa hinschaute. „Das ist meine Erinnerung an Zuhause. Immer wenn mich das Heimweh überkommt, sehe ich mir meine Rhododendren an. Sie sind ein Stück Heimat für mich!" „Sag mal, Sophia, diese Skulptur da drüben am Brunnen, hast du die auch selbst angefertigt? Die ist ja wunderschön! Ich stelle mir das sehr schwer vor?" „Ja, das ist es auch. Man gewöhnt sich daran, es macht mir viel Spaß. Schau, ich mache die Entwürfe und dann bespreche ich das mit Justus. Er ist einer meiner Steinmetze. Und dann legen wir los!" Lachend fügte sie hinzu: „Du wirst noch genug Gelegenheiten haben, uns bei der Arbeit zuzusehen. Aber nun komm ins Haus, der Tee ist schon fertig! Außerdem musst du dir erst einmal deine Räumlichkeiten ansehen, ich hoffe sie gefallen dir!"

Sophia hatte für Theresa die oberste linke Etage freigemacht. Theresa traute ihren Augen nicht, denn auf dieser Seite befand sich eine kleine komplett abgeschlossene Wohnung. Wohnzimmer, Schlafzimmer, Kinderzimmer, eine kleine Küche und ein Bad. Das Kinderzimmer hatte sogar einen Sternenhimmel. Alles war so liebevoll eingerichtet, selbst das Kinderbettchen und der Wickeltisch standen schon bereit. Und überall im Zimmer befanden sich niedliche Plüschtiere. „Ich hoffe ich habe das Kinderzimmer nach deinem Geschmack eingerichtet?" „Ach, Sophia, ich danke dir! Ich hätte es nicht schöner einrichten können." Mit einem strahlenden Lächeln erklärte Sophia, „Und hier hast du dein eigenes Reich! Du kannst dich jederzeit zurückziehen, wenn du deine Ruhe haben willst." Vor lauter Freude und Dankbarkeit schloss Theresa Sophia spontan in ihre Arme. Plötzlich brach all der Kummer aus ihr heraus und sie weinte vor Glück. „Sophia, ich hätte nie gedacht, dass ich und mein ungeborenes Kind so willkommen bei dir sind. Ich danke dir. Das werde ich dir nie vergessen!" „Papperlapapp", erwiderte Sophia, „ich sagte doch schon, es hat mir einen Heidenspaß gemacht! Es wurde auch mal Zeit, dass richtig Leben ins Haus kommt!"

Nach einem vorzüglichen Abendessen begaben sich Sophia und Theresa ins Wohnzimmer. Obwohl der Raum nicht gerade klein war, wirkte er durch die geschmackvolle Einrichtung sehr behaglich. Unter den Fenstern gab es überall gemütliche Sitzbänke. Geschmackvoll mit den typisch englischen Rosenstoffen bezogen. Vor dem Kamin standen zwei große Ohrensessel aus grünem Leder. Dazwischen stand ein kleiner Tisch mit einer ebenso stilvollen englischen Lampe. Die antiken Möbel in dem Raum wirkten sehr geschmackvoll. In der Ecke neben dem Fenster stand ein Sekretär mit passendem Stuhl. Dieses schöne Stück gefiel Theresa am besten. „Oh, Sophia, was ist der schön, wo hast du ihn her?" „Du wirst es kaum glauben, diese Möbel habe ich aus dem Nachlass einer sogenannten Adelsfamilie erworben." Theresa nahm inzwischen auf der bequemen Couch Platz. Sie genoss die heiße Schokolade, die Sophia ihr zubereitet hatte.

Sophia nahm sich ein Glas Wein, setzte sich in ihren gemütlichen Sessel und ließ ihren Gedanken freien Lauf. Etwas wehmütig kamen all ihre Erinnerungen wieder hoch.

Und sie erzählte Theresa aus ihrer Jugend. „Ach, was war ich doch damals verliebt. Gegen den Willen meiner Eltern bin ich heimlich von zu Hause durchgebrannt." Sophia gestand ihr, dass sie sich damals bis über beide Ohren in einen Künstler verliebt hatte. Er war Maler und wollte hoch hinaus. „Meine Eltern waren natürlich dagegen und drohten mit allem Möglichen! Ja, sogar ins Kloster wollten sie mich stecken. Dann stellte ich fest, dass ich schwanger war. Da geriet ich in Panik! Meine damalige große Liebe, Jörn Heimann, war ganz aus dem Häuschen vor Freude. Er strahlte mich an und sagte: „Was soll's? Hab keine Angst, mein Schatz, ich freu mich auf unser Kind! Wir schaffen das schon. Mach dir keine Sorgen, du musst mir nur vertrauen. Von nun an, gibt es nur noch uns beide. Wir sollten nach London gehen, dort kenne ich mich ganz gut aus. Da habe ich Freunde! Ich kann dort sicher ein kleines Atelier mieten und arbeiten. Nur du und ich! Was hältst du davon? Wir brennen einfach durch!" Sophia war mit allem einverstanden, was Jörn ihr vorschlug. Sie erinnerte sich noch genau, sie glaubte nur zu gerne alles was er ihr sagte. Ach, was war sie doch damals jung und naiv. In gutem Glauben schlich sie sich bei Nacht und Nebel mit all ihren Ersparnissen und ihren Papieren aus dem Haus. Jörn hatte angeblich Freunde in London, also flogen sie dort hin. „In London haben wir dann heimlich geheiratet. Vorläufig kamen wir erst einmal in einer Wohngemeinschaft unter, doch es war die reinste Katastrophe. Das Geld wurde immer weniger. Jörn verkaufte nicht ein einziges seiner Bilder und sprach immer mehr dem Alkohol zu. Es war zum Verzweifeln. Ständig kam es zu Streitereien, der Einfluss seiner Freunde trug dazu bei. Sophia berichtete, sie ließ sich nicht erschüttern, sie liebte Jörn und konnte ihm nicht böse sein. „Jörn lebte schließlich in einer ganz anderen Welt. Er war ein Künstler und machte sich weniger Gedanken über den Ernst des Lebens. Seine Welt bestand aus Farben und Formen. „Nur seine Kunst war ihm wichtig. Manchmal zweifelte er an sich selbst und war niedergeschlagen." Sophia blickte nachdenklich drein und schüttelte den Kopf als sie erklärte: „Mit seinen halblangen blonden Haaren, die er ab und zu zusammenband, wirkte er ein wenig hippiemäßig. Trotz allem sah er gut aus. Wer ihn nicht kannte glaubte im ersten Augenblick er sei Lehrer oder Psychiater. Jörn besaß eine gewisse Gabe, er vermittelte jedem das Gefühl etwas Besonderes zu sein. Du hättest ihn mal sehen sollen. Doch die Frauen liebten ihn. Er läuft ja heute noch so rum!"

Theresa hörte gespannt und aufmerksam zu.

„Erzähl bitte weiter, Sophia!" „Willst du das wirklich alles hören?" „Aber ja, wie ging es weiter mit euch?"

Sophia lächelte so vor sich hin, als sie fortfuhr mit ihren Erinnerungen. „Sogar eifersüchtig war ich auf ihn. Jörn erregte nämlich bei einer Vernissage die Aufmerksamkeit einer attraktiven Dame aus der sogenannten besseren Gesellschaft." Schnell registrierte ich, dass es nicht nur seine Bilder waren, die sie interessierten. Es war in erster Linie Jörn. Er besaß gewissermaßen die Fähigkeit, in einer fröhlichen Runde alle für sich einzunehmen. Wenn er erzählte, wurde es ganz still. Jeder hörte ihm gern zu. Für viele war er der große Meister, also ein Vorbild. Mit seiner liebenswürdigen, einfühlsamen Art kam er bei allen gut an, besonders bei Frauen. Er war ein richtiger Lebenskünstler! Alle bewunderten ihn. Seine Bilder waren gut, davon war ich auch überzeugt.

Ihm fehlte nur noch der große Durchbruch! Er musste nur einmal richtig Erfolg haben. Von meinem letzten Geld mietete ich uns eine kleine Dachwohnung. Später suchte ich mir eine Putzstelle, damit wir uns über Wasser halten konnten. Eine ältere Dame brauchte eine Putzhilfe, ich glaube sie hatte Mitleid mit mir. Obwohl ich schwanger war, stellte sie mich ein. Ich versprach ihr, nach der Geburt des Kindes, auch weiterhin bei ihr zu putzen.

Dann geschah das Entsetzliche.

Eines Morgens, als ich es eilig hatte, um zur Arbeit zu kommen, stürzte ich die schmale Holzstiege herunter. Ehe ich mich versah, lag ich in einer Blutlache. Andere Hausbewohner fanden mich. Sie riefen den Notarzt und ich kam sofort in die Klinik. Die Ärzte bestätigten mir meine Vermutung. Ich hatte unser Kind verloren! Es war alles so schrecklich! Ausgerechnet an diesem Morgen war Jörn nicht zu Hause. Er musste schon zeitig aus dem Haus. Endlich hatte er mal einen Auftrag bekommen, ein Bild zu restaurieren. Wir waren so froh, das Geld konnten wir doch gut gebrauchen. Jörn machte sich später die größten Vorwürfe. Sicherlich wäre das alles nicht passiert, wenn er öfter mal ein Bild verkauft hätte. Wir brauchten lange, um über diesen schmerzlichen Verlust hinwegzukommen. Ich nehme an, wenn ich heute so zurückblicke, unsere Beziehung hatte damals schon einen Knacks bekommen. Danach war nichts mehr so, wie es einmal war."

Theresa bemerkte, dass Sophia noch immer sehr traurig wurde und mit den Tränen kämpfte, wenn sie davon sprach.

„Ja, Theresa in dieser Zeit hätte ich jemanden gebraucht! Damals war ich so verzweifelt und so traurig. Am meisten fehlte mir meine Familie, vor allen Dingen meine Mutter! Aber was hätte ich machen sollen, ich wusste doch, unser Vater wollte nichts mehr von mir wissen. Mutter durfte mich nie besuchen, selbst wenn sie es gewollt hätte! Das wusste ich! Also schrieb ich an meinen Bruder. Ein Freund von uns hatte mir die Adresse und den Absender, natürlich unter seinem Namen, geschrieben. Vater kannte doch meine Handschrift! Nur so konnte ich sicher sein, dass Axel den Brief erhalten würde. Was war ich glücklich als Axel mir dann antwortete. Aus dem Brief entnahm ich, dass er sich große Sorgen um mich gemachte hatte.

Wenn Axel mir damals nicht geholfen hätte, wäre ich sicherlich nicht so schnell aus diesem Schlamassel herausgekommen. Axel schickte mir von da an regelmäßig Geld. Somit kam ich besser über die Runden. Er riskierte sogar einen riesen Krach mit unseren Eltern. Denn gegen ihren Willen zahlte er mir später mein Erbe aus. Dein Vater war es, der sich so für mich eingesetzt hat. Das werde ich ihm nie vergessen! Er hat es sogar geschafft, dass ich Jahre später, nachdem ich mich von Jörn getrennt hatte, die Eltern besuchen durfte. Schweren Herzens nahmen sie mich dann doch in die Arme. Wir schlossen wieder Frieden miteinander."

Sophia sprach es nicht laut aus, aber sie dachte so für sich, das allein war schon ein Grund, ihrem Bruder und ihrer Nichte zu helfen.

Aufmerksam und sehr interessiert, ohne Sophia zu unterbrechen, hatte Theresa zugehört. „Sophia, so genau hat Vater mir deine Lebensgeschichte nie erzählt. Es muss alles sehr schwer für dich gewesen sein." „Ja, mein Kind, es war nicht leicht!

Aber es ist spät geworden, wir sollten jetzt zu Bett gehen. Lächelnd fügte sie hinzu: „Wir reden ein anderes Mal weiter, so wie es aussieht haben wir ja noch viele Abende vor uns.

Zweites Kapitel

Theresa lebte sich erstaunlich schnell ein. Nach ein paar Tagen fühlte sie sich schon wie zu Hause. Bei ihrer Tante war immer etwas los.

Sogar Jörn, von dem Sophia inzwischen lange getrennt war, lernte Theresa kennen. Leise flüsterte sie Sophia zu: „Er sieht ganz anders aus als auf den Fotos! Sein Gesicht wirkt irgendwie aufgedunsen." „Das liegt sicherlich an dem Alkohol, den er zu sich nimmt", flüsterte sie süffisant zurück.

Sophia erklärte später, als Jörn auf seinem Zimmer war: „Wir sind noch immer gute Freunde, so ab und zu taucht er immer wieder mal auf!" Spöttisch lächelnd fügte sie hinzu: „Meistens dann, wenn er mal wieder blank ist! Größtenteils lebt er jetzt in Frankreich! Aber ob er immer den richtigen Umgang hat, wage ich zu bezweifeln."

Sophia wurde den Verdacht nicht los, dass er auch ab und zu mit Drogen zu tun hatte. Doch diese Vermutung behielt sie wohlweißlich für sich.

Jörn brachte öfter Freunde mit. Meistens irgendwelche Künstler. Für Sophia war das kein Problem, wusste sie doch aus Erfahrung, dass diese Künstler immer eine günstige Bleibe bevorzugen.

Nachdem Theresa Jörn besser kennenlernte, fand sie ihn eigentlich ganz nett. Sie musste zugeben, er hatte das gewisse Etwas. Jedenfalls fühlte man sich in seiner Nähe wohl. Er strahlte eine gewisse Wärme und Zuversicht aus. Wenn sie abends gemeinsam am Kamin zusammensaßen, zog er mit seinen Erzählungen alle in den Bann.

Es war einfach interessant, ihm zuzuhören! Scheinbar mochte er Theresa auch gut leiden, denn er zeigte sich immer sehr besorgt. Immer wieder erkundigte er sich, ob es ihr auch gut ginge. Und betonte häufig: „Kind, du musst dich mehr schonen." Theresa lachte jedes Mal. „Macht euch keine Sorgen, mir geht es doch gut! So eine Schwangerschaft ist doch keine Krankheit".

Tatsächlich verlief ihre Schwangerschaft ganz ohne Probleme.

Die Zeit verging, es war schon November. Und richtig kalt draußen, das Laub im Garten war schon gefroren. Man sah es an den weißen Reifrändern, die sich ums Laub bildeten. Da kam Sophia plötzlich ganz aufgebracht in die Küche und fragte: „Sag mal Theresa, hast du Jörn heute Morgen schon gesehen?" „Nein, er muss aber schon gefrühstückt haben! Denn jemand hat bereits Kaffee gekocht." Sophia sah sich etwas besorgt um. „Ich sehe mal in seinem Zimmer nach. Das lässt mir doch keine Ruhe!" Laut schimpfend kam sie wieder herunter. „Das sieht ihm wieder mal ähnlich, einfach ohne ein Wort zu sagen abzureisen. Seine ganzen Sachen sind weg! Manchmal frag ich mich wirklich, warum ich ihm immer noch helfe? Dieser alte Nichtsnutz!", schimpfte sie vor sich hin!"

Theresa war ganz erstaunt. „Macht er das öfter so?" Sophia lachte spöttisch. „So ist er, genauso überraschend wie er kommt, so überraschend ist er auch wieder weg! Das ist Jörn! Er hält es nirgendwo lange aus und immer dann, wenn man gar nicht mit ihm rechnet, taucht er wieder auf!

Ich hatte gestern Abend noch einen kleinen Disput mit ihm. In seinem Portmonee war mal wieder Ebbe. Seit Jahren unterstütze ich ihn schon. Jörn kann einfach nicht mit Geld umgehen. Meine Vermutung war mal wieder richtig, er war pleite! Ich gab ihm wie immer 3000 Pfund, doch anscheinend reichte das nicht. Das sah ich an seinem mürrischen Blick! Angeblich hatte er noch irgendwo Schulden! Nach meinen Erfahrungen kann man ihm sowieso nicht alles glauben. Der ist imstande und lügt das Blaue vom Himmel herunter!" Etwas spöttisch fügte sie hinzu: „Er kann von Glück reden, dass ich mit meiner Kunst so erfolgreich bin! Sonst könnte ich ihm nicht so unter die Arme greifen! Aber was soll's, ich kann ihm nicht einmal richtig böse sein. Bisher hat er ja auch nur Pech gehabt. Seine Arbeiten sind so gut, es fehlt ihm einfach nur der große Durchbruch!" Theresa sah ihre Tante prüfend an. Leise und gefühlvoll fragte sie: „Kann es sein, dass du ihn noch immer sehr gern hast?" Sophia drehte sich ruckartig um und machte sich an der Spüle zu schaffen. Sie zog die Schultern hoch und atmete tief durch. Zögerlich und etwas schroff antwortete sie: „Ja und nein, ich kann nicht anders, er liegt mir immer noch am Herzen! Er ist ja kein schlechter Mensch! Er tut mir leid! Was soll ich machen? Es ist wie es ist!"

Es wurde Winter. Theresa musste akzeptieren, dass ihr doch einiges schwerer fiel als sonst. Selbst beim Weihnachtsplätzchen-Backen bekam sie jetzt Kreuzschmerzen. Sophia zeigte sich sehr besorgt und schimpfte mit ihr. „Kind, du sollst dich doch mehr ausruhen, du musst das nicht tun! Es ist viel zu anstrengend für dich!" „Ach, ich mache es doch gerne. Mit Mutter habe ich um diese Zeit immer Plätzchen gebacken. Hier probiere mal, sind die nicht lecker?" „Hm, die schmecken wirklich gut! Woher hast du das Rezept?" „Das habe ich von Mama übernommen."

„Sag mal, mein Kind, kann es sein, dass du etwas Heimweh hast?" Etwas melancholisch kam es bei Theresa heraus: „Ich weiß es nicht so genau, jetzt wo die Geburt des Kindes immer näher rückt, wird es mir doch langsam komisch. Sicher wäre es jetzt schöner, wenn Mama hier wäre!" Gedankenverloren blickte Sophia Theresa an. „Was hältst du davon, wenn wir sie mal anrufen? Weihnachten kann sie sicherlich nicht kommen, da hat sie alle Hände voll zu tun. Da bereitet sie doch immer das große Weihnachtsfest auf dem Gut vor. Deinen Vater kann sie dann auch nicht alleine lassen. Aber vielleicht kann sie ja zwischen Weihnachten und Neujahr herkommen? Was meinst du?" „Oh ja, das ist eine gute Idee. Tante Sophia, du bist einfach großartig!"

Am Abend telefonierten sie wie abgesprochen mit Theresas Mutter. Katharina von Dahlhaus war ganz begeistert von dem Vorschlag. Mit tränenerstickter Stimme nahm sie die Einladung gerne an. Ihr ging es genauso wie ihrer Tochter, sie vermisste sie doch sehr! Theresa legte erleichtert auf, jetzt machten ihr die Vorbereitungen für das Weihnachtsfest noch mehr Spaß.

Das Weihnachtsfest verbrachten sie mit einigen Freunden von Sophia. Und auch Jörn tauchte wie immer überraschend auf. Er brachte sogar für Theresa und Sophia ein Geschenk mit. Theresa bekam eine silberne Spieluhr mit der Melodie „Guten Abend, gute Nacht mit Rosen bedacht …". Sie bedankte sich ganz herzlich bei Jörn. Und versprach, sie ihrem Baby ans Bettchen zu stellen.

Sophia aber sah ihn verblüfft an, als sie ihr Geschenk bekam. Scherzhaft meinte sie: „Du hast doch nicht etwa eine Bank ausgeraubt?" Stolz und mit hochgezogenen Brauen erwiderte Jörn: „Nein, meine Liebe, ich habe einige Bilder verkauft!" „Ach, das ist ja herrlich, das freut mich für dich!" Ungeduldig stand er vor ihr. „Nun mach es doch endlich mal auf!" Sophia machte es richtig spannend. Was wird da wohl drin sein? Doch dann sah sie ihn ungläubig an, als sie ein wunderschönes Goldkettchen mit einem Amulett in den Händen hielt. Sie hob es hoch, damit es alle sehen konnten. Als sie es öffnete, sah sie ein kleines Bild von Jörn, und im Deckel befand sich eine Gravur mit den Worten „Vergiss mich nicht!" Sophia schluckte kurz. Es kostete sie viel Mühe, ihre Gefühle zu verbergen. Nachdem sie sich wieder etwas gefangen hatte, umarmte sie ihn mit den Worten: „Danke, womit habe ich das bloß verdient?" Scherzhaft fügte sie ausgelassen hinzu: „Ja, ja, ich kann es mir schon denken, du wolltest nur nicht auf deine übliche Weihnachtsgans verzichten!" Damit hatte sie das erreicht, was sie wollte. Denn sofort erklang ein fröhliches Gelächter! Das Weihnachtsfest fiel sehr harmonisch aus, wobei Sophia immer darauf bedacht war, dass Theresa sich ausruhte. Sie hatte das Gefühl, dass es nicht mehr lange dauern würde bis zur Geburt des Kindes. Sorgenvoll bat sie ihre Gäste am zweiten Weihnachtstag wieder abzureisen. Wofür jeder Verständnis hatte. Sie hatte das Gefühl, Theresa brauchte Ruhe. Theresa war sehr froh darüber. Sie wurde von Tag zu Tag unruhiger. Das Baby konnte jeden Tag kommen.

Am 28. Dezember aber strahlte sie über das ganze Gesicht, als sie nach dem Mittagsschlaf ins Wohnzimmer kam. Wie immer wollte sie mit Tante Sophia Tee trinken. Doch sie traute ihren Augen nicht, als plötzlich ihre Mutter vor ihr stand. Sofort lagen sich beide in den Armen und schluchzten vor Freude. „Ach, Mama, ich habe dich so vermisst! Ich bin ja so froh, dass du da bist! Ich danke dir! Nun kann mein Baby kommen, jetzt kann mir nichts mehr passieren. Du bist ja bei mir!" Sophia hatte Katharina heimlich und leise ins Haus geführt. Sie wollten Theresa nicht aufwecken. Die Überraschung war ihnen gelungen. Sophia stand absichtlich etwas abseits und beobachtete die Situation. Ob sie wollte oder nicht, sie konnte es gar nicht verhindern, auch ihre Augen füllten sich mit Tränen.

Was Theresa nicht wusste war, dass Sophia jeden zweiten Abend mit ihrer Schwägerin telefonierte. Schließlich hatte sie ihr verspochen, sie immer auf dem Laufenden zu halten. Später beim Tee hatte Sophia richtig Freude, denn sie sah, wie glücklich Theresa war. Die nächsten Tage vergingen wie im Flug und Theresa war wie ausgewechselt. Alles war für die Geburt vorbereitet. Da Theresa auf eine Hausgeburt bestand, schlief die Hebamme schon zwei Tage vorher im Gästezimmer. Der Arzt wohnte ganz in der Nähe und war abrufbereit.

Am 10. Januar brachte Theresa in den Morgenstunden einen gesunden Sohn zur Welt. Katharina und Sophia waren auf Anraten des Arztes bei der Geburt nicht dabei. Sie waren nervöser als die werdende Mutter! Die Hebamme und auch der Arzt schienen mit ihrer Patientin sehr zufrieden zu sein! Der Arzt kam auf Katherina zu als er fröhlich sagte: „Ich gratuliere, es ist ein gesunder Junge!

Sie können stolz auf ihre Tochter sein, sie war sehr tapfer! Alles ist ohne Komplikationen abgelaufen." Katharina von Dahlhaus strahlte übers ganze Gesicht, als sie laut durchs Haus rief: „Es ist ein Junge! Sophia, ein Junge!" Sophia kam aufgeregt angelaufen. „Hat sie alles gut überstanden?" „Ja, Mutter und Kind sind wohlauf!" Aufgeregt erkundigte Sophia sich: „Dürfen wir schon zu ihr, Herr Doktor?" „Gönnen sie der jungen Mutter noch etwas Ruhe, sie sollte sich ein wenig erholen! Etwas Schlaf, das wird ihr guttun. Katharina öffnete zwischendurch ab und zu ganz leise die Tür, doch Theresa und das Kind schliefen tief und fest. Ungeduldig wie sie waren schlichen Katharina und Sophia dann gegen Mittag zu Theresa ins Zimmer. Beide waren überzeugt, eine heiße Brühe würde ihr guttun. Theresa saß in ihrem Bett und war gerade aufgewacht. Liebevoll und innig umarmte Katharina ihre Tochter, bevor sie zur Wiege des Kindes ging. „Ach, was ist der niedlich, er sieht ja wirklich goldig aus! Vorsichtig nahm sie ihren Enkel auf den Arm und betrachtete ihn. „Und diese Ähnlichkeit! Schau mal Sophia, das Näschen und die Äugelein, genau wie bei Theresa! Ich hätte nie gedacht, dass dieses Baby, noch einmal solche …", sie kam ins Stocken, ihre Augen füllten sich mit Tränen, „solche Gefühle in mir auslöst."

Theresa lächelte ihre Mutter an. „Das ist ja auch kein Wunder, immerhin hältst du ja deinen Enkel auf dem Arm. Schließlich bist du ja seine Oma! Sophia, die schon ganz ungeduldig war, bettelte, „jetzt habe ich aber lang genug gewartet! Nun bin ich aber dran, bitte gib mir den Kleinen auch mal!" Theresa amüsierte sich über die beiden Damen und im Stillen dachte sie, das kann ja noch heiter werden. Mit Tränen erstickter Stimme fragte die Oma zaghaft: „Wie soll der kleine Kerl denn heißen?" Theresa lächelte sanftmütig, als sie sagte: „Den Namen suchen wir drei gemeinsam aus! Was haltet ihr davon? Also meine Damen, lasst euch mal ein paar Namen einfallen!", scherzte sie. Fieberhaft überlegten alle drei und machten einige Vorschläge. Angeregt diskutierten sie. Plötzlich rief Katharina: „Wie wäre es mit Sebastian?" Bei dem Namen strahlte auch Theresa. Sophia nickte. „Ja, der ist schön. Das hört sich gut an." Theresa lächelte zustimmend. „Den nehmen wir!", erklärte sie glücklich. „Der passt zu ihm!"

Katharina bewunderte Sebastians schöne braune Augen. „Und die dunklen Haare, sieh nur, Sophia!"

Die erste Zeit mit Sebastian verging rasend schnell. Schade, dachte Katharina, aber leider konnte sie nicht länger bleiben, sie musste wieder zurück. Am Abend berichtete sie ihrem Mann alles am Telefon. Immer wieder fragte er nach Theresa und dem Kind, er wollte alles ganz genau wissen. Seiner Stimme nach zu urteilen war er ziemlich ergriffen. Katharina wusste genau, er würde es nie zugeben. Außerdem versprach sie ihm auf sein Drängen, dass sie so schnell wie möglich wieder nach Hause komme.

Vor ihrer Abreise sprach sie noch einmal ein ernstes Wort mit ihrer Tochter. „Versprich mir bitte Theresa, diese zwei Jahre zu nutzen und deine Ausbildung zu beenden! Ich habe mit Sophia alles besprochen. Sie wird ein Kindermädchen einstellen, damit du entlastet bist. Glaube mir, es wird vorläufig das Beste für dich sein! Sobald sich eine Möglichkeit findet, dass du deinen Sohn nach Hause holen kannst, bin ich dir gern behilflich. Bitte sei vernünftig! Gib auf dich Acht!" Theresa versprach ihr schließlich vernünftig zu sein. Weinend aber doch sehr herzlich verabschiedete sie sich von ihrer Tochter. Sophia versprach ihr noch einmal, gut auf Theresa und den Kleinen aufzupassen.

Theresa wuchs ohne es zu merken immer mehr in ihre Mutterrolle hinein. Sebastian entwickelte sich prächtig, er wurde von beiden Frauen umsorgt. Sophia hatte ihn schon ins Herz geschlossen. Dieser kleine süße Fratz veränderte auch ihr Leben. Nicht nur das seiner Mutter! Sobald er nur einen Pieps von sich gab, war Sophia sofort zur Stelle. Theresa ermahnte sie, nicht direkt bei jeder Kleinigkeit zu reagieren. „Das haben so kleine Wesen schnell raus, dann sind sie beizeiten verwöhnt!"

Als der kleine Sebastian ins Krabbelalter kam, hielt er beide Frauen ganz schön auf Trab. Er kreischte bei jeder Neuentdeckung. Vor allen Dingen machte es ihm besonderen Spaß, in Mamas Haare zu greifen und kräftig zu ziehen. Theresa und auch Sophia hatten viel Freude mit dem kleinen Wildfang.

Sophia stellte später ein Kindermädchen ein. Zusammen genossen sie den ersten Sommer mit Sebastian im Garten. Jenny, das Kindermädchen, kam sehr gut mit Sebastian zurecht. Immer wieder krabbelte er zum Brunnen, das Wasser zog ihn magisch an. Die weißen Kieselsteine in seiner Hand schienen dabei wohl sehr interessant zu sein. Er betrachtete sie immer ganz genau. Das machte ihm scheinbar großen Spaß! Wobei Jenny darauf achtete, dass er sie nicht in den Mund steckte. Jenny wurde so eine Art Spielkamerad für ihn. Die beiden kamen prima miteinander aus. Sobald Jenny aus seinen Augenwinkel verschwand, quengelte er, und seine Augen strahlten erst wieder, wenn er sie sah.

Glücklicherweise hatte Sophia einen großen Bekanntenkreis. Ein junger Rechtsanwalt ganz in der Nähe, eröffnete gerade seine Kanzlei und suchte dringend eine Auszubildende. Das entsprach zwar nicht ganz Theresas Vorstellungen, doch Sophia überzeugte sie schließlich die Stelle anzunehmen. Jetzt, da Jenny sich um Sebastian kümmerte, beschloss Sophia, sich wieder mehr ihrer Arbeit in der Werkstatt zu widmen. Einige Kunden zeigten sich geduldig und ließen sich vertrösten. Aber nun wurde es Zeit wieder an die Arbeit zu gehen. Theresas Ausbildung als Anwaltsgehilfin bereitete ihr von Tag zu Tag mehr Freude. Dank ihrer guten Auffassungsgabe kam sie schnell voran. Dabei half ihr natürlich auch der abendliche Englischkurs. Hier fand sie schnell Kontakt zu jungen Leuten. In kürzester Zeit bildete sich ein richtig schöner Freundeskreis um sie herum. Dass sie ein Kind hatte, störte niemanden.

Einige ihrer Freunde machten den Vorschlag, ihr all die schönen Sehenswürdigkeiten von London zu zeigen. Theresa wehrte aber dankend ab. Jetzt mischte sich Sophia ein. „Du hast doch noch gar nichts von London gesehen! Nun wird es aber mal Zeit. Schau dir den Buckingham Palast an, die St. Pauls Kathedrale und Westminster Abbey! Du kennst doch noch gar nichts! Nehmt sie ruhig mal mit, sonst fährt sie wieder nach Hause und hat nicht einmal den Tower gesehen." Pam und Mary stimmten ihr fröhlich zu. Verschmitzt fragte Theresa: „Ist das etwa eine Verschwörung gegen mich?" Schelmisch antworteten alle: „Wenn du so willst!" „Also, morgen geht es los. Wir holen dich um neun Uhr ab, zieh dir bequeme Schuhe an!" Sophia hatte natürlich für die Mädels am nächsten Morgen ein Frühstück vorbreitet. Dankbar nahmen sie es an. Dann ging es auch schon los. Pam war richtig stolz auf ihren kleinen Mini, immerhin passten sie alle rein. Es war ein herrlicher Sommertag, darum packten sie noch einen Picknickkorb ein. Den konnten sie dann später auch sehr gut gebrauchen. Am Nachmittag schwächelte Theresa, sie war so erschöpft von all den schönen Eindrücken. Lachend rief sie: „Ich kann nicht mehr, ich brauche eine Pause!" Da ertönte die Stimme von Mary. „Ich dachte schon, ihr wollt überhaupt keine Pause machen! Wofür haben wir denn schließlich den Picknickkorb mitgenommen? Ich habe großen Hunger!" „Ja, ja" neckte Dora sie, „da hört man es, ich denke du willst abnehmen!" „Egal, ich habe jetzt Hunger!" Lachend fügte sie hinzu: „Abnehmen kann ich immer noch!" Ausgelassen marschierten sie zum Auto, welches sie in der Nähe des Hydeparks abgestellt hatten. Im Kofferraum befanden sich der Picknickkorb und eine Decke. Mary rief: „So, Mädels, jetzt kommt der gemütliche Teil!" Theresa saß auf der Decke und schwärmte noch immer vom Buckingham Palast und Westminster Abbey. „Glaubt ihr, den Tower schaffen wir heute noch?" „Klar", rief Pam „das packen wir schon! Was haltet ihr übrigens davon, wenn wir jetzt in den Ferien öfter mal losfahren? Zum Beispiel nach Windsor? Wäre doch auch nicht schlecht, oder?" Pam erwiderte: „Ich hätte damit kein Problem! Mein Auto bringt uns überall hin!" „Super", jubelten sie, „also abgemacht." meinte Pam. „Gehen wir es an!"

Theresa erinnerte sich, in jenem Sommer, waren wir Mädchen häufig unterwegs. Irgendwie war es doch eine schöne Zeit! Theresa überlegte, obwohl sie schon ein Kind hatte, stieß sie nirgendwo auf Ablehnung. Ganz im Gegenteil, wenn ihre Freundinnen zu Besuch kamen, war Sebastian immer der Mittelpunkt. Pam, eine ihrer besten Freundinnen, fand den kleinen Sebastian total süß. Pam und Theresa lernten häufig zusammen. Oft wurde es spät und Pam übernachtete dann bei ihnen. Theresa entwickelte großes Vertrauen zu Pam. Deshalb war sie die einzige, die ihre Geschichte kannte. Beide waren im gleichen Alter. Theresa wusste, mit Pam konnte sie über alles sprechen. Pams Eltern waren geschieden. Ihr Vater wohnte inzwischen bei seiner neuen Lebenspartnerin, damit konnte Pam sich gar nicht abfinden. Ihre Mutter war aus beruflichen Gründen viel unterwegs. Daher zog Pam lieber in ein eigenes kleines Apartment. Sie wollte allen beweisen, dass sie auf eigenen Beinen stehen konnte. Mit den Zuwendungen ihrer Eltern kam sie mehr schlecht als recht über die Runden. Das störte sie aber nicht. Hin und wieder nahm sie deshalb einen Aushilfsjob an. Bedauerlicherweise hatte sie gerade eine unglückliche Liebe hinter sich und war dankbar für jede Ablenkung. Theresa ging es ja ähnlich, doch Pam war immer optimistisch und fröhlich. Dieses kleine mädchenhafte Energiebündel hatte immer gute Laune. Und diese gute Laune steckte einfach an. Da Pam die gleiche Ausbildung machte wie Theresa, bot es sich an, die Hausaufgaben gemeinsam zu machen. Theresa erinnerte sich daran, dass ihre Tage oft so ausgefüllt waren, dass sie kaum noch Zeit für Sebastian fand. Es machte ihm auch scheinbar nicht viel aus, denn Jenny und Sophia waren ja für ihn da. Theresa gestand sich ein, dass sie nicht gerade glücklich darüber war. Darum bemühte sie sich, in den Abendstunden nur für Sebastian da zu sein. Sie spielte mit ihm oder las ihm Geschichten vor. Lustiger wurde es natürlich immer, wenn Pam

bei ihnen war. Dann kreischte Sebastian durchs ganze Haus. Theresa hatte das Gefühl, die Zeit verging wie im Flug. Jetzt war sie
schon fast drei Jahre hier. Sebastian konnte schon laufen, er entwickelte sich prima.

An seinem zweiten Geburtstag wusste Theresa schon, dass sie
in einigen Wochen wieder nach Hause musste. So war es mit ihren
Eltern vereinbart. Den ganzen Tag versuchte sie nicht daran zu
denken. Abends saß sie noch eine Weile mit Sophia zusammen.
Und beide dachten darüber nach, wie schön doch dieser Tag war.
Plötzlich flossen bei Theresa die Tränen. Traurig beschlich sie der
Gedanke, wie wird es wohl sein, wenn ich nicht mehr hier bin?
Sophia tröstete sie so gut sie konnte. „Wird Sebastian nicht weinen
und mich vermissen? Er wird doch sicher traurig sein. Es zerreißt
mir das Herz, wenn ich daran denke, den Kleinen einfach zurück-
zulassen." „Mach dir keine Sorgen, er wird es guthaben. Schau
mal, er hat sich so sehr an Jenny gewöhnt. Wenn du lernst oder in
der Kanzlei bist, quengelt er ja auch nicht! Er wird es gar nicht so
richtig wahrnehmen! Glaub mir es ist das Beste so! Für den Kleinen und auch für dich! Deine Eltern waren so froh, als ich ihnen
das Angebot mich um Sebastian zu kümmern, vor ein paar Mona-
ten am Telefon machte. Und du warst doch auch damit einverstanden! Außerdem haben sie dir versprochen, dass du uns jeder Zeit
besuchen kannst. Das ist doch heutzutage kein Problem." Sophia
ahnte, was in Theresa vorging, deshalb nahm sie sie liebevoll in
den Arm und streichelte ihr übers Haar. Theresa atmete jetzt tief
durch. Vielleicht hast du ja recht. Ich weiß ja, ich muss vernünftig
sein, es tut nur so weh!" „Ja, mein Kind, das verstehe ich. Es ist
bestimmt nicht einfach!" Theresa weinte sich in dieser Nacht in
den Schlaf.

Die nächsten Wochen vergingen schneller als es ihr lieb war.
Durch die vielen Prüfungen bemerkte sie gar nicht, wie schnell die
Zeit verging. Mit ihren Leistungen war sie sehr zufrieden. Doch

die letzten zwei Tage lief Theresa nur mit verweinten Augen herum.

Sebastian saß auf ihrem Schoß, schaute sie an und sagte traurig: „Aua?" Er nahm seinen Teddy, reichte ihr ihn und lachte sie aufmunternd an. Es zerriss Theresa fast das Herz.

Am nächsten Morgen wurde es ernst! Theresa musste Abschied nehmen.

Von Jenny und Sophia verabschiedete sie sich schon direkt nach dem Frühstück. So fiel ihr der Abschied nicht ganz so schwer. Doch nun stand ihr das Schlimmste bevor. Der Abschied von Sebastian! Sebastian und Jenny spielten im Garten. Auf dem Weg in den Garten wurden ihre Beine immer schwerer. Sophia überzeugte sie, sich so zu verhalten, als wenn sie so wie immer nur zur Schule ging. Genauso machte sie es auch. Sie drückte Sebastian kurz und gab ihm einen Kuss. Wehmütig rief sie: „Bye, bye, mein Schatz!" Dann ging sie zum Taxi. Jenny verstand es, den kleinen Mann so abzulenken, dass er die Tränen in Theresas Augen gar nicht wahrnahm. Sophia hatte inzwischen schon mit dem Fahrer das ganze Gepäck verstaut. Wortlos nahmen sie sich noch einmal kräftig in den Arm. Dann fuhr das Taxi los. Es zerriss Theresa fast das Herz! Sie beschloss, zweimal im Jahr nach London zu Sophia zu fliegen. Das tröstete sie vorläufig.

Diesen Tag wird Theresa nie vergessen. An diesem Tag, so fürchtete sie, hatte sie eine Schuld auf sich geladen, die sie nie wiedergutmachen konnte! Das sagte sie sich immer wieder!

Gefühlvoll wie Tante Sophia war, versprach sie Theresa damals bei ihrer Abreise, sich um den Kleinen zu kümmern. Ihn wie versprochen in ihrem Sinne aufzuziehen!

Sie beruhigte sich mit dem Gedanken, wenn Sebastian größer war, konnte sie ihm vielleicht alles erklären!

Inzwischen war Theresa so zerstreut umhergeirrt, dass sie gar nicht bemerkte, wo ihre Füße sie hintrugen! Erschöpft blieb sie einen Augenblick stehen und überlegte, kann es sein, dass ich bereits das ganze Dorf umrundet habe? Tatsächlich! So versunken war ich in meinen Gedanken. Unentschlossen weiter zu gehen, sah sie sich um. Eine Bank gab es hier nicht. Schade! Nicht weit von ihr entfernt, drüben auf der anderen Seite des Weges, lagen einige Baumstämme. Die sind ebenso gut, schoss es ihr durch den Kopf. Während sie sich setzte, nahm sie den intensiven Wohlgeruch von Holz und Harz wahr. Diese Ruhe tut so gut, dachte sie. Ab und zu raschelte es irgendwo im Unterholz, hier und da erblickte sie Eichhörnchen, die von Ast zu Ast sprangen. Wie friedlich es hier doch ist! Einfach schön. Aber ich kann ja nicht ewig hier sitzenbleiben. Nach einer Weile entschied sie sich weiter zu gehen.

Von weitem sah sie den Röder Hof, dort ist ihre Freundin Helen aufgewachsen.

Sie erinnerte sich, wie herrlich es doch war, als sie noch Kinder waren und unbeschwert auf den Wiesen und Feldern herumtobten. Die Zeit ist viel zu schnell vergangen, ging es ihr durch den Kopf. Sie und Helen waren zusammen aufgewachsen. Sie sahen sich fast täglich. Als Helen dreiundzwanzig war, heiratete sie Lars Bremer und zog nach Lübeck. Und sie, Theresa, heiratete zwei Jahre später ihren Holger. Holger Ahrens. Theresa erinnerte sich nur zu gern an diese Zeit zurück. Es war auf einem Dorffest. Tanz in den Mai, diese Veranstaltung fand jedes Jahr im Gemeindehaus großen Anklang. Helen wollte dieses Fest auf keinen Fall versäumen. Dazu war sie viel zu neugierig. Theresa hatte ihre Worte noch genau im Ohr.

„Da müssen wir unbedingt hin!" Aufgeregt erzählte sie Theresa am Telefon: „Ich habe schon alles organisiert. Du glaubst es nicht! Es hat mich einiges an Überredungskunst gekostet, Lars zu überzeugen. Schließlich gab er sich geschlagen. Stell die vor, Christin und Simone kommen auch! Du erinnerst dich doch noch? Die waren doch bei uns in der Klasse!" „Ach ja, die beiden Schwätzlieseln", lachte Theresa. Christin ist wohl inzwischen mit einem Arzt verheiratet. „Bei Simone bin ich mir nicht so sicher. Ich glaube er ist Physiotherapeut oder so ähnlich. Und kannst du dich noch an Holger erinnern?"

„Nein, welchen Holger?" Theresa schluckte, sie wusste ganz genau, wen Helen meinte. Das konnte sie doch nicht zugeben. Dieser Holger war ihr damals schon aufgefallen, als sie ihn zum ersten Mal sah. Es war auf Helens Polterabend. Er sah wirklich gut aus. Aber leider kam er nicht allein, sondern mit seiner Freundin. „Holger Ahrens! Der auf unserem Polterabend war. Der Freund von Lars! Er hatte doch diese komische Blonde bei sich. Die so aufgedonnert und später so fürchterlich abgestürzt war. Weißt du nicht mehr?" „Ja, doch, so dunkel habe ich da was in Erinnerung." „Wir haben doch alle so gelacht. Lars hat mir erzählt, mit der Frau ist er schon lange nicht mehr zusammen. Man weiß ja nie, vielleicht kommt er ja auch? Wäre der nichts für dich?", neckte Helen. „Also nein", meinte Theresa lachend, „du willst mich doch wohl nicht verkuppeln? So weit kommt es noch!"

„Jetzt mal im Ernst, so viel ich gehört habe, soll eine tolle Kapelle dort spielen." „Das stimmt, das habe ich gelesen." „Also, lass dich nicht so hängen, das dürfen wir uns auf keinen Fall entgehen lassen! Meine Mutter freut sich auch schon, sie hat für uns das große Gästezimmer hergerichtet. Abgemacht? Wir holen dich dann am Samstagabend ab." Theresa gab sich geschlagen und stimmte zu.

Ja genau, erinnerte sich Theresa, das war der entscheidende Samstag in ihrem Leben. Er sollte alles verändern! Helen ahnte ja nichts von Sebastian!

Bei ihrem Eintreffen auf dem Fest herrschte schon eine super Stimmung. Der Saal drohte aus allen Nähten zu platzen. Mit viel

Mühe ergatterte Lars noch einen guten Tisch. Es dauerte nicht lange, da kamen auch schon Christin und Simone mit ihren Partnern dazu. In kürzester Zeit wurde der Tisch immer voller und voller. Es blieb ihnen nichts anderes übrig, als einen zweiten Tisch anzubauen. Einige junge Männer waren sofort behilflich und fassten mit an. Lars lachte und staunte nicht schlecht, denn zwei von ihnen kannte er scheinbar. Dementsprechend fiel die Begrüßung aus. Nach einer kurzen Unterhaltung setzten sie sich ebenfalls zu der Gruppe. Einer von ihnen erzählte: „Holger kommt auch gleich noch mit einigen Freunden."

Er hatte es noch nicht ganz ausgesprochen, da kamen sie auch schon.

Sie wird es nie vergessen!

Holger fiel ihr sofort auf. Hochgewachsen und breitschultrig wie er war. Dazu die dunklen Haare, das gebräunte Gesicht und diese dunklen Augen. Sein Blick wirkte so souverän und warm zugleich. Seine sportliche, saloppe Kleidung ließ ihn richtig fesch aussehen. Warum schlug ihr Herz plötzlich schneller als sonst? Theresa gestand sich ein, er sah traumhaft aus! Kein Wunder, dass die Mädels sich alle nach ihm umdrehten. Helen hauchte leise: „Was für ein toller Typ, sportlich und durchtrainiert! Der sieht wirklich toll aus!"

Ab und zu erwischte Theresa ihn, dass er sie beobachtete. Oder bildete sie sich das nur ein? Später sah sie, wie er sich mit Lars unterhielt. Sprechen die beiden etwa über mich? Ach, bilde dir bloß nichts ein, dachte sie. Theresa wurde dieses Gefühl nicht los. Denn auch Lars sah während der Unterhaltung öfter zu ihr herüber! Bis Helen sie kurz anstupste und ihr leise kichernd ins Ohr flüsterte: „Ich glaube, du hast einen neuen Verehrer!" Theresa lief rot an und wehrte nur kurz ab. „Ich habe gerade gehört wie er Lars über dich ausgefragt hat." „Blödsinn", erwiderte sie, sieh mal, er tanzt gerade mit Sabine Schröder, dieser eingebildeten Ziege!"

„Hast du denn nicht gesehen, dass ihm gar nichts anderes übrigblieb? So eine Hartnäckigkeit habe ich ja noch nie gesehen! Sie
ließ ihm doch gar keine andere Wahl." „Hör auf, rede nicht so einen Quatsch. So wie der aussieht, kann er doch jede haben. Und
ich glaube, das weiß er auch ganz genau! Schau nicht immer zu
ihm hin, sonst bildet er sich noch etwas ein".

Da Theresa gerade in eine ganz andere Richtung sah, bemerkte
sie gar nicht, dass er plötzlich vor ihr stand! Ganz erschrocken
schaute sie ihn an, während er sie zum Tanz aufforderte. Wie in
Trance ging sie mit ihm. Es kam so unerwartet, daher brauchte sie
eine ganze Zeit um sich zu sammeln. Mit festem Griff legte er den
Arm um sie, so dass Theresa zuerst das Gefühl hatte, keinen Schritt
machen zu können. Doch er führte sie fest und sicher über die
Tanzfläche. Erst jetzt bemerkte sie, dass er mindestens einen Kopf
größer war als sie. Theresa versuchte, etwas auf ihre Zehenspitzen
zu gelangen, was ihn zum Schmunzeln brachte. „Bemühen Sie sich
nicht, dadurch werden Sie auch nicht größer", erklärte er lächelnd.
„Keine Angst, ich halte Sie schon gut fest. So klein sind Sie übrigens gar nicht, sonst wären Sie mir ja nicht aufgefallen."

„Ich habe immer überlegt, wo ich Sie schon mal gesehen habe.
Erst Lars hat mich darauf gebracht, es war auf seinem Polterabend.
Stimmt doch, oder?" „Kann schon sein." „So ein hübsches Gesicht
vergesse ich so schnell nicht!" Theresa wusste vor Verlegenheit
nicht, was sie sagen sollte. Ihr viel nichts Besseres ein als: „Machen Sie eigentlich jedem Mädchen solche Komplimente?" Holger
sah sie verwundert an. „Normalerweise gehe ich nicht leichtfertig
mit solchen Komplimenten um. Kann es sein, dass Sie in der Hin-
sicht schlechte Erfahrungen gemacht haben, mein Fräulein?",
neckte er sie. „Oder sind Sie nur vorsichtig?" Theresa versuchte zu
scherzen. „Man kann nie vorsichtig genug sein!" Jetzt schalt sie
sich selber, was rede ich denn da. Er kann ja nicht wissen dass ich
schlechte Erfahrungen gemacht habe. Die Musik machte kurz darauf Pause und sie war heilfroh, als sie an den Tisch zurückgingen.

Zur späteren Stunde gingen sie alle in die Sektbar. War es Zufall oder Absicht? Jedenfalls stand Holger ihr genau gegenüber. Theresa bemerkte, ihr Herz immer schlug schneller. Holger meinte: „Das ist aber nett, so kommen wir doch noch mal zusammen." Lächelnd reichte er ihr ein Glas mit den Worten: „Darf ich mich vorstellen, ich bin Holger, Holger Ahrens." Er schaute ihr dabei tief in die Augen. „Sagen Sie mal, junge Frau, haben sie auch einen Namen? Es wäre nett, wenn Sie mir den verraten!" Vor lauter Verlegenheit schoss ihr die Röte ins Gesicht. Was ist nur los mit mir, dachte sie? „Entschuldigung, ich war in Gedanken, mein Name ist Theresa, Theresa von Dahlhaus „Ich gäbe etwas darum Ihre Gedanken zu lesen. Aber jetzt mal ganz ehrlich, ich muss Ihnen etwas gestehen. Ich habe den ganzen Abend überlegt, was ich anstellen könnte, um Sie besser kennenzulernen. Außer auf dem Polterabend bei Lars und Helen habe ich Sie hier noch nie gesehen. Soviel ich mitbekommen habe, sind Sie doch mit Helen befreundet?" „Ja, eigentlich solange ich denken kann." „Also, die beiden sind auch meine Freunde. Wäre es da sehr vermessen von mir, wenn wir das Sie weglassen?" „Nein, ist schon in Ordnung!" Sie prosteten sich kurz zu. „Jetzt aber mal ganz im Ernst. Ich erinnere mich noch gut an die Zeit als Lars anfangs mit Helen zusammen war. Meistens, wenn irgendwo etwas los war, haben wir uns alle verabredet. Aber du warst nie dabei?" Theresa fühlte jetzt wie sie immer unsicherer wurde. Ihr Herz klopfte so laut, dass sie dachte, er könnte es hören. Schnell wechselte sie das Thema, indem sie fragte: „Wie lange kennst du Lars schon?" „Ach, wir kennen uns noch aus der Schulzeit. Normalerweise waren wir immer zu dritt, Carsten, Lars und ich. Wir haben eine Menge Unsinn verzapft. Wenn ich daran denke, wie oft wir die Schule geschwänzt haben. Trotz allem haben wir unseren Abschluss noch ganz gut geschafft. Später kam dann unsere Ausbildung. Wir drei haben uns nie ganz aus den Augen verloren. Und wenn Lars uns nicht erzählt hätte, was hier heute Abend los ist, wären wir sicher nicht gekommen. Aber ich muss sagen, ich bereue es nicht. Ganz im Gegenteil!"

Ohne dass sie es bemerkten, waren sie fast die letzten Gäste. Die Sektbar wollte schließen.

Helen und Lars kamen lächelnd zu ihnen. „Na ihr zwei, dürfen wir euch mal stören? Wir müssen los, alle anderen sind schon weg", meinte Helen. „Schade", erwiderte Holger, „gerade waren wir dabei, uns besser kennenzulernen." Helen meinte schelmisch: „Das könnt ihr ja immer noch!" Er beugte sich näher zu Theresa und flüsterte ihr ins Ohr: „Ich würde dich wirklich gerne wiedersehen!" Beim Hinausgehen nahm Holger die Gelegenheit wahr und wollte sich für den nächsten Samstag mit ihr verabreden. Doch Theresa zögerte, sie war sich nicht sicher. Immerhin hatte sie schon einmal eine schlechte Erfahrung gemacht. Außerdem was sollte er von ihr denken, wenn sie sofort darauf einging? Als ob sie nur auf ihn gewartet hätte. Nein, das konnte sie nicht machen!

Deshalb lehnte sie unter einem Vorwand ab. Noch am gleichen Abend bereute sie ihre Entscheidung. Jetzt wurde sie doch unsicher. Theresa redete sich ein, sie durfte es ihm nicht so leichtmachen. Sicherlich war er es nicht gewohnt, eine Absage zu bekommen. Wahrscheinlich brauchte er nur mit den Fingern zu schnipsen und schon sagten die Mädels ja.! Aber nicht mit mir! Trotz allem keimten die ersten Zweifel in ihr. Habe ich das richtiggemacht? Was ist, wenn er sich jetzt gar nicht mehr bei mir meldet? Ich finde ihn doch so nett.

Holger konnte an diesem Abend so recht keinen Schlaf finden, immer wieder tauchte dieses hübsche Gesicht vor ihm auf. Diese Theresa ging ihm nicht mehr aus dem Kopf. So hübsch wie sie war. Sie sah einfach zauberhaft aus! Warum will sie sich nicht mit mir treffen? Hatte sie etwa doch einen anderen? Egal, er war bereit um sie zu kämpfen.

Er musste sie unbedingt wiedersehen. Dessen war er sich ganz sicher.

Er verstand die Welt nicht mehr! So etwas war ihm noch nie passiert. Vielleicht war es ja gerade das, was sie so interessant machte? Holger jedenfalls gab nicht auf. Er hatte sich unsterblich in Theresa verliebt, das gestand er sich ein! Sie war die Frau seiner Träume. Genauso sollte sie aussehen. Schlagartig fiel ihm sein Freund Lars ein. Klar, Lars und Helen kannten sie sicher besser. Am nächsten Abend verabredete er sich mit Lars zum Essen. So ganz nebenbei erfuhr er alles über Theresa, was er wissen wollte. Sogar ihre Adresse und Telefonnummer bekam er heraus. Er konnte ja nicht ahnen, wie sehr sie hoffte, ihn wiederzusehen. Längst hatte sie es bereut, seine Einladung abgelehnt zu haben. Was ist bloß, wenn ich ihn nie wiedersehe?

Immer wieder sagte sie sich, „Wie konnte ich nur so dumm sein!" Er gefiel mir doch so gut. Als Helen ihr erzählte, Holger Ahrens habe sich bei Lars über sie erkundigt, hätte sie vor Freude bald einen Luftsprung gemacht. Doch sie ließ sich nichts anmerken. Einige Tage später rief er tatsächlich an, sicher war er über Lars an ihre Telefonnummer gekommen.

Nach einem längeren Gespräch war sie dann doch bereit, mit ihm auszugehen. Holger sah seine Chance und war glücklich. Trotzdem überlegte er, warum zögert sie nur so? Konnte es sein, dass sie einen anderen liebte? Oder hatte sie vielleicht eine Enttäuschung erlebt? Kaum vorstellbar, bei so einem hübschen Mädchen! Von Lars wusste er längst, dass sie nicht in festen Händen war. Egal, er hatte es geschafft, sie ging mit ihm aus!

Als er Theresa mit seinem BMW Cabrio abholte, verschlug es ihm fast den Atem. Sie trug ein schwarzes Sommerkleid, welches ihre schlanke Figur betonte und ihre weiblichen Reize zum Ausdruck brachte. Der durchsichtige schwarze Schal ließ so gerade ihre Schultern erkennen. Die blonden Haare fielen leicht gelockt darüber. Dazu trug sie hohe Absätze, dadurch wirkte sie ein wenig größer.

Holger fuhr mit ihr in Richtung Kiel. Unterwegs erzählte er von einem Restaurant, das er gut kannte, ein Freund von ihm sei dort Chefkoch. Etwas verlegen fügte er hinzu „Ich hoffe nur es gefällt dir ebenso gut wie mir!" „Keine Sorge". erwiderte Theresa „ich bin nicht so anspruchsvoll." Das Lokal nannte sich „La Gomera". Beim Betreten des Lokals nahm Theresa eine angenehme Atmosphäre wahr. Jeder Tisch war liebevoll eingedeckt. Ihr Tisch befand sich am Fenster in einem kleinen Rondell, an dem man ungestört reden konnte. Neben dem Tisch stand ein silberner Champagnerkübel mit einer Flasche. Theresa war beeindruckt und versuchte ihre Unsicherheit zu verbergen. Nachdem der Ober die Gläser füllte, stieß Holger liebevoll mit ihr an. Ihr Herz klopfte bis zum Hals. Das legte sich aber schnell, denn durch seine ungezwungene lockere Art der Unterhaltung verlor sie schnell ihre Unsicherheit. Sie genossen ein romantisches Essen bei Kerzenschein und leiser Musik. Holger hatte ihr nicht zu viel versprochen, so schön hatte sie sich den Abend nicht vorgestellt. Es war einfach traumhaft. Sein Freund, der Chefkoch, kam später noch zu ihnen. Alfredo begrüßte die beiden und Holger stellte ihm voller Stolz Theresa vor. Alfredo strahlte Holger förmlich an, er konnte sich ein kurzes Augenzwinkern in Richtung Holger nicht verkneifen. Obwohl sie gerade aufbrechen wollten, fiel es ihnen schwer, die Einladung Alfredos auf ein Glas Wein auszuschlagen. Wobei Holger dennoch dankend ablehnte, da er noch fahren musste. Um nicht unhöflich zu sein, trank Theresa ein Glas mit. Auf dem Nachhauseweg hielt Holger kurz an. Theresa fragte erstaunt: „Ist irgendetwas nicht in Ordnung mit dem Wagen?" „Nein, es ist alles in Ordnung. Theresa, ich möchte dir nur etwas sagen. Ich will ehrlich zu dir sein, ich hatte eine ungeheurere Angst, dass du meine Einladung ablehnst. Dass du wieder nein sagen würdest!" Er griff zärtlich ihre Hand und schaute ihr dabei tief in die Augen. „Mein unbeschreibliches Verlangen dich wiederzusehen, hat mich ganz durcheinandergebracht. So etwas habe ich noch nie erlebt!" Theresa wusste

im ersten Augenblick gar nicht was sie sagen sollte. Etwas unsicher und mit einem prüfenden Blick erwiderte Theresa: „Und das soll ich dir glauben? Du kennst mich doch noch gar nicht richtig. Holger, sei mal vernünftig. Wir haben uns gerade mal auf dem Dorffest kenngelernt." „Ich weiß, aber was soll ich machen? Seit unserer ersten Begegnung kann ich an nichts anderes mehr denken. Du gehst mir einfach nicht mehr aus dem Kopf." Holger gab nicht auf und nahm seinen ganzen Mut zusammen: „Theresa, ich glaube, ich habe mich in dich verliebt!" Holger wartete angespannt auf ihre weitere Reaktion. Theresa, die sich nichts sehnlicher gewünscht hatte, als so etwas von ihm zu hören, bekam Zweifel. „Sei mir bitte nicht böse Holger, ich mag dich sehr, aber das geht mir einfach zu schnell." Holger sah sie bestürzt an. Damit hatte er nicht gerechnet. Verwundert fragte er sich, was habe ich falsch gemacht? Theresa konnte sich selber nicht erklären, warum sie so reagierte. Wusste sie doch längst, dass sie sich in ihn verliebt hatte. In seinen traurigen Augen sah sie seine Enttäuschung. Scheinbar habe ich ihn verletzt, dachte sie.
„Bitte, Holger, verzeih mir, ich wollte dir nicht wehtun. Aber lass uns bitte weiterfahren! Es ist wohl besser, wenn du mich jetzt nach Hause bringst." Holger startete den Wagen ohne etwas zu sagen. Während der Fahrt erklärte Theresa: „Holger, ich mag dich wirklich sehr, vielleicht mehr als du ahnst, aber ich brauche etwas Zeit." Es dauerte eine Weile bis Holger antwortete: „Theresa, wenn das der einzige Grund ist, bekommst du alle Zeit der Welt." Langsam fuhr der Wagen auf die Allee zu, die zu ihrem Elternhaus führte. Bis zum Haus war es nicht mehr weit. Holgers innere Anspannung stieg. „Theresa, bitte sag etwas, darf ich wenigstens hoffen?" „Holger, mein Herz sagt ja, doch die Angst enttäuscht zu werden ist noch zu groß." Als Theresa ausstieg, ging Holger um das Auto auf Theresa zu. Er hielt sie zärtlich an ihren Schultern fest und sah ihr jetzt tief in die Augen. „Ich muss dich wiedersehen! Theresa, sag mir nur eines: Fühlst du ebenso? Theresa antwortete nicht sofort. „Bitte, lass mir nur ein wenig Zeit!" Dann

schloss Holger sie in seine Arme und küsste sie zärtlich. Theresa wurde von einer Leidenschaft und Zuneigung erfasst, die sie nicht beschreiben konnte.

Überglücklich fuhr Holger nach Hause. Er war sich jetzt sicher, dass Theresa auch etwas für ihn empfand. Wenige Tage später rief Carsten bei Holger an. Er lud zu einer Geburtstagsparty ein. Es sollte eine Gartenfeier sein. Helen und Lars waren auch schon eingeladen. Carsten hätte ihm keinen größeren Gefallen tun können. So hatte er einen Grund Theresa anzurufen, ob sie ihn eventuell begleiten würde? Theresa, die über seinen Anruf mehr als glücklich war, willigte ein. „Aber ja, gerne. Wenn Helen und Lars auch eingeladen sind, bekommen wir sicherlich viel Spaß." „Prima, dann hole ich dich Samstagabend um 18.30 Uhr ab. Ich freue mich sehr!" Theresa ließ sich nicht anmerken, wie sehr sie auf seinen Anruf gewartet hatte. Holger ahnte ja nicht, dass sie schon ab Samstagmittag vor dem Spiegel stand. Vor lauter Aufregung klappte es nicht mit der Frisur, so wie sie es haben wollte. Und was das Wichtigste war, was sollte sie anziehen? Es fiel ihr schwer, die richtige Auswahl zu treffen, zumal Carsten zu einer Gartenparty einlud. All die vorherigen Sorgen über ihr Aussehen waren wie weggeflogen als Holger vor ihr stand. Ihr fiel ein Stein vom Herzen als er sagte „Theresa, du siehst zauberhaft aus." Als Holger mit Theresa auf der Party erschien, leuchteten seine Augen vor Stolz. Seine Freunde waren sich einig, die beiden geben ein gutes Paar ab. Helen bemerkte schnell wie verliebt Holger Theresa immer ansah, darum löcherte sie Theresa mit neugierigen Fragen. Theresa machte sich einen Spaß daraus, sie im Unklaren zu lassen. Insgeheim gestand sie sich ein, dass jedes Mal, wenn Holger in ihrer Nähe war, keinen klaren Gedanken mehr fassen konnte. Auf der Party ging es recht locker zu. Theresa stand mit einigen anderen Gästen zusammen und schaute sich ab und zu suchend um. Holger kam ihr sofort zur Hilfe. Leise flüsterte er ihr ins Ohr „Da drüben ist ein ruhiges Plätzchen, geh schon mal da rüber. Ich hole uns inzwischen etwas zu trinken, einverstanden?" Dankbar lachte sie ihm zu. Es dauerte nur einen Augenblick bis Holger wieder bei ihr war. Zwischen den Jasminsträuchern saßen sie geschützt. „Hier ist es doch deutlich ruhiger. Endlich, ich habe den ganzen Abend darauf gewartet einen Moment mit dir alleine zu sein." Theresa fühlte wie ihre freudige Erregung stieg. Sie wollte gerade etwas sagen, da legte er seinen Finger auf ihren Mund und sah ihr dabei in die Augen. „Theresa meine Gefühle für dich sind so stark, sag mir nur, ob du mich magst." Theresas Herz klopfte zum Zerspringen und ihre Augen füllten sich mit Tränen des Glücks. „Ja, Holger, ich mag dich." Überglücklich schloss er Theresa in seine Arme und küsste sie leidenschaftlich. „Theresa, du machst mich zum glücklichsten Menschen der Welt."

Von nun an sahen sie sich regelmäßig. Ihre gesamte Freizeit verbrachten sie nur noch gemeinsam. Es verging kein Wochenende, an dem sie sich nicht sahen. Bei schönem Wetter gingen sie segeln, oder spielten Tennis. Immer öfters fuhr Holger gegen Abend in Richtung Bredenbeck. Oft gingen sie auch spazieren oder zum Joggen. Deshalb hatte Holger es neuerdings immer eilig aus der Firma zu kommen.

Stefan Ahrens sah das gar nicht gern, zumal er sich vorgenommen hatte, sich immer mehr aus der Firma zurückzuziehen. Aus diesem Grund bat er Holger zu sich ins Büro. Erwartungsvoll sah Holger seinen Vater an „Ja, mein lieber Holger, du wunderst dich sicherlich, weshalb ich dich zu mir gebeten habe? Ich glaube es ist an der Zeit, dass du dein Leben in geregelte Bahnen bringst. Alt genug bist du ja!" Mit einem leichten Schmunzeln im Gesicht erwiderte Holger „Mach dir darüber mal keine Sorgen, Vater, ich bin gerade dabei." Erstaunt sah Stefan seinen Sohn an. „Das überrascht mich aber mein Sohn. Jetzt ahne ich, warum du es kaum erwarten kannst, hier aus der Firma zu kommen. Wer ist denn die Glückliche?" „Das wirst du noch früh genug erfahren", lächelte

Holger selbstsicher. „Umso besser", räusperte sich Stefan. „Dann wird dir mein Vorschlag sicherlich entgegenkommen. Was hältst du davon, wenn ich dir die Firma übertrage? Und ich bliebe als Teilhaber im Hintergrund, das heißt aber auch, du müsstest mehr Verantwortung übernehmen." Verblüfft sah Holger seinen Vater an „Aber Vater, so alt bist du doch noch gar nicht. Du bist doch gerade mal über 60." „Eben, ich möchte noch etwas vom Leben haben, mein Junge! Du bist gerade im richtigen Alter, um das Ruder in die Hand zu nehmen. Ich werde mich noch nicht ganz zurückziehen. Selbstverständlich werde ich dich bei der Führung des Unternehmens ein wenig unterstützen. Wenn ich es mir recht überlege, wird es für dich auch so langsam Zeit eine Familie zu gründen." Stefan erhob sich jetzt aus seinem Ledersessel, ging auf Holger zu und umarmte ihn. Er reichte ihm noch einmal zuversichtlich die Hand mit den Worten „Also mein Sohn, denk darüber nach, ich erwarte in den nächsten Tagen deine Antwort." Damit hatte Holger nicht gerechnet. Glücklich und stolz zugleich verließ er das Büro seines Vaters. Er dachte darüber nach, was den alten Herrn wohl dazu bewog, ihm jetzt die Firma zu übertragen. Dann fielen ihm die Worte seines Vaters wieder ein. Vielleicht hat er ja gar nicht so Unrecht? War es wirklich an der Zeit eine Familie zu gründen? Am Abend traf er sich mit Theresa. Voller Freude und mit ein wenig Stolz berichtete er ihr von dem Gespräch mit seinem Vater. „Das ist ja großartig, ich gratuliere. Und nimmst du das Angebot an?" „Es gibt keinen Grund für mich es abzulehnen, ganz im Gegenteil! Vater und ich, wir verstehen uns gut. Etwas Besseres kann mir gar nicht passieren. Liebling, verstehst du nicht? Ich kann doch jetzt ganz anders planen." Theresa nahm plötzlich ein ganz seltsames Leuchten in Holgers Augen wahr.

Zwei Wochen später, es war an einem Freitagabend, Theresa traute ihren Augen nicht. Holger wollte sie um halb sieben abholen. Vor ihrem Haus hielt eine edle schwarze Pferdekutsche mit Kutscher. Gut, auf dem Lande sah man solche nostalgischen Kutschen öfters. Sie staunte, denn Holger stieg aus der Kutsche aus und strahlte sie förmlich an. „Steig ein, mein Schatz, heute machen wir mal etwas ganz Besonderes." Sprachlos und mit einem fragenden Blick stieg Theresa ein und nahm auf den roten Ledersitzen Platz. Katharina stand mit Axel am Fenster und sie sahen ihnen hinterher. Axels Augen leuchteten, als er seine Frau ansah: „Ich glaube, der Junge meint es ernst." Er schmunzelte zufrieden vor sich hin.

Der Kutscher brachte die beiden zu einem hübschen Restaurant in der Nähe. Jedes Mal, wenn sie Holger ansah, wirkte er so geheimnisvoll. Er strahlte förmlich von innen heraus. „Holger, bitte verrate mir, was du vorhast?" „Nein, mein Schatz, lass dich überraschen." Theresa fühlte langsam, wie ein mulmiges Gefühl in ihr aufstieg. Der Kellner wies ihnen einen schönen Tisch am Fenster zu und goss ihnen ohne Aufforderung ein Glas Champagner ein. Die Auswahl des Essens fiel Theresa sehr schwer, deshalb wählte sie nur eine Kleinigkeit. Holger ging es scheinbar nicht anders, er nahm das gleiche wie sie. Nach dem Essen wurde es spannend. Der Kellner brachte ein Dessert mit brennenden Wunderkerzen. Gleichzeitig stand Holger auf und öffnete ein rotes Kästchen aus Samt. Theresa war so überwältigt und ergriffen, dass sie weinen musste. Holger sah Theresa jetzt ganz liebevoll an: „Liebe Theresa, ich liebe dich sehr! Hiermit bitte ich dich um deine Hand, möchtest du meine Frau werden?" Theresa strahlte Holger an, sie lachte und weinte zugleich. Langsam erhob sie sich und sie spürte, wie ihre Knie immer weicher wurden. „Aber ja, Holger ich liebe dich, ich könnte mir ein Leben ohne dich gar nicht mehr vorstellen!" Jetzt steckte er ihr einen wunderschönen Goldring mit einem kleinen Brillanten an den Finger. Ein leidenschaftlicher Kuss besiegelte ihr Versprechen.

Einen Tag später beschloss Holger formvollendet bei ihren Eltern um Theresas Hand anzuhalten. Theresa war glücklich! Sie hatte das Gefühl, nur noch auf Wolken zu schweben. Überglücklich rief sie ihre Freundinnen Helen und Pam an, diese Neuigkeit musste sie ihnen doch unbedingt erzählen!

Für kurze Zeit vergaß sie sogar ihre Vergangenheit, von der niemand etwas wusste. Mit Ausnahme ihrer Eltern, Tante Sophia und natürlich ihre beste Freundin Pam.

Axel von Dahlhaus war sehr erleichtert, so machte seine Tochter doch noch eine ganz gute Partie. Nicht nur das, vielleicht würden sich dadurch auch seine Probleme lösen! Holger Ahrens entsprach genau seinen Vorstellungen. Mit diesem Schwiegersohn war er mehr als einverstanden. Jedenfalls war er nicht so ein heruntergekommener Musiker, der nichts aufzuweisen hatte! Nun, das gehörte ja jetzt wohl der Vergangenheit an! Das ging niemanden etwas an! Der Vater von Holger Ahrens war immerhin ein bekannter Bauunternehmer. Er hatte einen guten Ruf. Sein Sohn arbeitete auch in der Firma und galt als sehr fleißig. Er sollte die Firma später einmal übernehmen. Soviel er gehört hatte, plant die Firma Ahrens ein größeres Baugebiet zu erwerben. Wenn diese Gerüchte stimmen, konnte ihnen gar nichts Besseres passieren. Mit ein wenig Glück wäre er alle Sorgen los!

Theresa interessierte das weniger. Ja, es war ihr fast egal, was Holger war, sie sah nur ihn. Er war ihre ganz große Liebe.

Am Abend wurde Theresa jäh aus ihrem Freudentaumel gerissen, als ihr Vater sie zu einem Gespräch ins Jagdzimmer bat. Ohne große Umschweife machte er ihr klar, dass ihre Vergangenheit niemanden etwas anginge. Sie wolle sich ja sicher nicht ihre ganze Zukunft verbauen! Darum bat er sie, Holger gegenüber zu schweigen. Und niemals zu erwähnen, dass sie ein Kind hat.

Sie hörte sich noch sagen: „Aber Vater, das geht doch nicht! Ich würde ja mit einer Lüge in die Ehe gehen! Das würde er mir nie verzeihen!" „Ach nein, und wer sagt dir denn das er dich dann noch will, wenn er von dem Kind erfährt? So einer wie er, kann an jedem

Finger zehn Mädels haben, vergiss das nicht! Wir meinen es doch nur gut mit dir. Mutter und ich sind der Meinung, der Junge kann weiterhin bei Tante Sophia bleiben. Dort ist er gut aufgehoben! Du könntest ihn auch adoptieren lassen! Es gibt so viele junge Leute, die gerne Kinder hätten und keine bekommen. So könnte er sogar in einer richtig guten Familie aufwachsen. Und keiner wird davon erfahren!" Jetzt konnte Theresa sich nicht mehr beherrschen, sie lief rot an und schnappte nach Luft, plötzlich schrie sie ihren Vater an: „Das kannst du nicht von mir verlangen! Sebastian ist und bleibt mein Sohn! Dann verzichte ich lieber auf eine Heirat mit Holger!"

Wutentbrannt schmiss er seine Abendzeitung, die er gerade gelesen hatte, durch das Zimmer. Seine Statur war zwar nicht sehr groß, jedoch verschaffte er sich überall den nötigen Respekt. Wenn er böse wurde, suchten sogar seine Landarbeiter das Weite. Lauter als normal rief er nun: „Willst du uns denn zum Gespött der Leute machen? Du wirst gefälligst das tun, was wir von dir erwarten! Davon hängt inzwischen mehr ab als du ahnst! Ich dulde da keine Widerrede!"

„Vater, ich verstehe dich nicht. Du verheimlichst mir doch etwas? Wieso hängt da mehr von ab, als ich ahne? Was ist los? Sag mir bitte die Wahrheit. Ihr habt mir doch versprochen, ihr steht immer hinter mir! Und das mit dem Kind sei nicht so schlimm! Warum hast du deine Meinung auf einmal geändert? Hier stimmt doch etwas nicht!" Mit gedämpfter Stimme entgegnete er: „Wir sind am Ende! Ja, es ist wahr, wir sind nicht mehr zahlungsfähig! So jetzt weißt du es! Wir stecken so tief in roten Zahlen, dass ich nicht mehr weiterweiß. Wenn wir keinen anderen Ausweg finden, werden wir das Gut verlieren! So sieht es aus! Jetzt weißt du Bescheid! Nur eine Verbindung mit der Firma Ahrens könnte diese Katastrophe abwenden!"

Theresa sah ihren Vater ungläubig an. „Aber Vater, jetzt verstehe ich gar nichts mehr! Wieso die Firma Ahrens? Und wenn es wirklich so schlecht um uns steht, kannst du denn keinen Kredit bei der Bank aufnehmen? Erklär mir das bitte!" Jetzt wurde Axel aber wütend. „Verdammt Theresa, denk doch mal nach!" Axels Gesicht lief auf einmal rot an. Mit einem Ruck schmiss er die Vase, die auf dem Tisch stand, zu Boden!

Theresa ahnte, jetzt war sie zu weit gegangen. Sie wusste ganz genau, ihr Vater hatte seinen Stolz. Sich Geld borgen? Nein, so etwas würde er nie tun! Leise flüsterte sie: „Verzeih, Papa! Es war nicht so gemeint." Eisige Stille herrschte im Raum. Nach einem Moment des Schweigens fuhr er fort. „Vielleicht hörst du mir erst einmal vernünftig zu. Ich habe gehört, die Firma Ahrens sucht ein größeres Baugebiet. Soviel mir bekannt ist, sollen dort dreißig Einfamilienhäuser entstehen. Eine geschäftliche Verbindung mit der Firma Ahrens könnte uns retten! Wir haben genug Land, sogar Bauland! Verstehst du endlich, was ich meine? Wenn ihr erst verheiratet seid, wäre es doch naheliegend, das Land von uns zu kaufen, oder? So würde keiner unsere finanziellen Schwierigkeiten mitbekommen."

Katharina von Dahlhaus stand im Flur. Sie konnte nicht alles verstehen. Doch die laute Stimme ihres Mannes klang immer wieder durch. Sie kannte seine Ausbrüche nur zu gut und wusste ihn zu nehmen. Sie war die einzige, die ihm auch mal kräftig die Meinung sagen durfte. Bei Theresa konnte er normalerweise nie so richtig durchgreifen! War sie doch sein kleines Mädchen! Deshalb wunderte sie sich. Warum wurde er nur so laut? Sie hielt es nicht mehr aus und betrat bedrückt das Zimmer. Gerade strich Axel sich sorgenvoll mit einer Hand durch seine vollen weißen Haare. Zornig ging er zum Schrank, schüttete sich einen Cognac ein, den er mit einem einzigen Zug leerte. Oh, schoss es Katarina durch den Kopf, wenn er das tut, muss es wirklich schlimm sein. Als er seine Frau bemerkte, polterte er gleich weiter. „Komm nur herein, ich habe unserer Tochter mal die Augen geöffnet und ihr erzählt, wie es wirklich um uns steht!" Bestürzt und fragend sah sie zu ihm herüber. „Vielleicht kannst du ja unser Fräulein Tochter zur Einsicht bringen? Auf mich hört sie ja nicht. Ich habe ihr erklärt, wie wichtig es für uns ist, dass sie diesen Ahrens heiratet."

Erschrocken und vorwurfsvoll sah Katharina ihren Mann an. „Warum hast du das gemacht? Wir wollten sie doch daraus halten!" Schroff erkundigte Theresa sich: „Warum habt ihr mir nie etwas gesagt?" Bedrückt ging Katharina auf ihre Tochter zu.

„Liebes, es ist meine Schuld. Ich wollte nicht, dass du dir Sorgen machst." Katarina sah ihre Tochter weinend und schnäuzend im Sessel sitzen. Vorsichtig nahm sie auf der Lehne Platz. Dann strich sie Theresa liebevoll über den Kopf.

„Du musst deinen Vater zu verstehen. Er meint es ja nicht böse, er ist nur so verzweifelt. Wir sehen keinen anderen Ausweg mehr." Langsam fing Theresa an zu verstehen. Alles hing nun von ihr ab! Ob sie Holger heiratet, oder nicht!

Wenn Holger sie nicht heiraten würde, könnte es passieren, dass ihre Eltern das Gut verlieren! So sah es aus!

Katharina sah ihre Tochter fast flehend an und erklärte ihr:

„Vorläufig braucht ja niemand erfahren, dass du ein Kind hast!

„Was hältst du denn davon, wenn der Junge erst einmal weiterhin bei Sophia bleibt? Du kannst die beiden doch immer besuchen. Wie ich Sophia kenne, wäre sie sicher liebend gern damit einverstanden."

Theresa empfand auf einmal Mitleid mit ihrer Mutter. Diese redete immer weiter auf sie ein.

„Sieh mal," versuchte sie sie zu überzeugen „wenn Sebastian älter ist, kann er doch hier oder in London aufs Internat gehen. Somit wäre doch erst einmal allen geholfen. Wir sehen sonst keinen anderen Ausweg mehr. Mir ist vollkommen klar, was wir da von dir verlangen. Überleg es dir! Vater und ich meinen es nur gut mit dir. Denk bitte darüber nach, dieses Anwesen sollte einmal von dir weitergeführt werden. Es liegt schließlich seit Generationen in unserer Familie.

„So, und nun sollten wir alle schlafen gehen! Es war ein anstrengender Tag. Schlaf erst einmal darüber, du brauchst dich ja nicht sofort entscheiden. Ich bin mir sicher, du wirst schon die richtige Entscheidung treffen. Da bin ich mir ganz sicher!"

Ihr Vater hatte noch immer ein brummiges Gesicht. Seine buschigen weißen Augenbrauen verdeckten jedoch seinen Blick, während er sich noch einen Cognac einschenkte. Den brauchte er noch, bevor er zu Bett ging. Fast fluchtartig verließ er den Raum. Kaum hörbar murmelte er „Gute Nacht!"

Katarina nahm ihre Tochter in den Arm und küsste sie. „Wir sollten auch zu Bett gehen" Behutsam legte sie noch einmal ihre Hände um Theresas Gesicht als sie sagte: „Ich bitte dich, mein Kind, denk darüber nach. Für uns hängt viel davon ab, wie du dich entscheidest! Und nimm es Vater nicht übel, er meint es nur gut!"

Am nächsten Morgen beim Frühstück war es zunächst sehr still. Theresa ahnte, ihre Eltern machten sich Gedanken darüber, wie sie sich wohl entscheiden wird. Axel von Dahlhaus räusperte sich und ergriff als erster das Wort. Es ihm etwas mulmig bei dieser Sache. Ja, es war ihm sogar peinlich! Doch das konnte er schließlich nicht zugeben. Hier ging es nicht nur um das Glück seiner Tochter. Es ging um den Familienbesitz. Von dieser Verbindung hing alles ab. „Theresa, ich habe sicherlich gestern Abend nicht immer die richtigen Worte gefunden. Das tut mir leid, unsere Situation ließ mir leider keine andere Wahl." Theresa kannte ihren Vater und seinen Stolz zu gut. Sie ahnte, wie schwer ihm diese Worte fielen. Als sie ihn ansah, bemerkte sie in seinen Augen die Unsicherheit und nicht nur das. Sie sah die Angst, die er versuchte zu verbergen. Erst jetzt begriff sie, was von ihrer Entscheidung abhing. „Ist schon gut Papa, wir müssen jetzt nur einen klaren Kopf behalten." „Da hast du Recht, mein Kind!" Nach einigem Zögern fragte er vorsichtig: „Und, hast du eine Entscheidung getroffen?" Theresas Augen füllten sich jetzt mit Tränen, doch sie riss sich zusammen und antwortete: „Ja, Vater, ich könnte auch nicht glücklich werden, wenn ihr alles verliert! Ich liebe euch doch!" Axel bekam kaum noch ein Wort heraus, seine ganze Anspannung löste sich plötzlich. Er stand auf und ging auf Theresa zu, umarmte sie mit den Worten: „Ich bin stolz auf dich mein Kind, du weißt, was Tradition bedeutet. Ich danke dir!" Theresa ahnte nur, was in ihrem Vater vorging! Es war sein Lebenswerk, dieses Gut zu erhalten, für die nächsten Generationen! Katharina war überglücklich als Vater und Tochter sich in den Armen lagen. Überschwänglich plauderte sie drauf los: „Ich bin mir ganz sicher, dein Holger liebt dich. Was hältst du denn davon, wenn wir erst einmal alles so belassen wie es ist?" Axel versicherte ihr: „Sollte Holger durch einen dummen Zufall später einmal dahinterkommen, was ja nicht sein muss, dann rede ich mit ihm! Ich nehme alle Schuld auf mich! Das verspreche ich dir!" Mit diesem Vorschlag erklärte Theresa sich erst einmal einverstanden. Und versprach zu schweigen.

Axel von Dahlhaus fiel ein Stein vom Herzen. Ganz wohl war es ihm bei der Sache nicht. Von dem mulmigen Gefühl in seiner Magengegend erwähnte er nichts. Das ging niemandem etwas an. Damit musste er alleine fertig werden. Ihm war klar, dass das nicht in Ordnung war, was er da von seiner Tochter verlangte! Doch was sollte er machen? Er sah keinen anderen Ausweg!

Einige Tage später lernte Theresa rein zufällig ihre zukünftigen Schwiegereltern kennen. Holger wollte unbedingt mit Theresa zum Joggen, musste sich aber zuhause noch umziehen.

Stefan und Clara Ahrens platzen bald vor Neugierde! Holger erwähnte am Telefon: „Übrigens ich bringe jemanden mit!" Da er in der letzten Zeit nur von Theresa schwärmte, konnten sie es sich fast denken. Theresa wurde den Gedanken nicht los, dass es nur eine Ausrede war. Sicherlich sollte sie seine Eltern kennenlernen.

Holger hätte sich ja auch vorher umziehen können, dachte sie. Holgers Wagen hielt vor einer typischen Stadtvilla. Eine sehr ordentlich geschnittene Buchsbaumhecke grenzte das Grundstück ab. Clara, die hinten im Wintergarten saß und ein Buch las, stand sofort auf. Sie begrüßte Theresa sehr freundlich und bot ihr gleich etwas zu trinken an. Es dauerte nicht lange, bis Stefan unter einem fadenscheinigen Vorwand ganz überrascht den Raum betrat. Die Begrüßung verlief locker und unkompliziert. Bei Theresa wich so langsam die Anspannung. Clara war im Gegensatz zu ihrer Mutter ein typischer Stadtmensch. Elegant gekleidet, aber weder hochnäsig noch arrogant. Stefan zeigte sich von seiner besten Seite. Er sparte nicht mit Komplimenten. Während Holger sich umzog, sprachen beide ganz offen mit ihr. Holger habe ihnen schon berichtet, dass er die Frau seines Lebens gefunden habe. Theresa wurde nun etwas verlegen. Glücklicherweise kam Holger gerade hinzu. Etwas belustigend und stolz fragte er „Na, wie sieht es aus? Was sagt ihr zu eurer zukünftigen Schwiegertochter? Habe ich euch zu viel versprochen?" Stefan erhob sich und ging auf Theresa zu. Etwas schmunzelnd meinte er: „Ganz im Gegenteil, mein Sohn, sie ist bezaubernd! Du kannst froh sein, wenn sie ja sagt!" Im gleichen Augenblick stimmten alle in ein befreiendes Gelächter ein. Wobei Clara und Stefan Theresa als Schwiegertochter willkommen hießen und sie umarmten. Mit dem Einverständnis aller Beteiligten lud Clara für den kommenden Samstag Theresas Eltern zum Abendessen ein. Holger und Theresa strahlten sich an. Beide kamen auf dieselbe Idee! „Was haltet ihr davon, wenn wir daraus eine kleine Verlobungsfeier machen? Bloß im engsten Familienkreis?" „Perfekt", rief Clara „so machen wir es!" Axel von Dahlhaus und seine Frau nahmen die Einladung natürlich dankend an. Theresa und Holger staunten nicht schlecht, denn die Eltern verstanden sich auf Anhieb gut. Stefan rauchte später mit Axel in seinem Arbeitszimmer eine Zigarre und sie sprachen über geschäftliche Dinge, während die Damen sich sehr angeregt über die Eigenarten ihre Männer unterhielten. Das wichtigste Thema war selbstverständlich die Hochzeit. Beide Damen fieberten dem Termin schon entgegen. Theresa und Holger lauschten im Vorbeigehen den Gesprächen und amüsierten sich prächtig.

Drittes Kapitel

Am ersten Wochenende im August sollte die Hochzeit stattfinden. Selbstverständlich feierte man auf Gut Dahlhaus. Theresas Eltern ließen sich das natürlich nicht nehmen, ihrer einzigen Tochter eine standesgemäße Hochzeit auszurichten. Es sollte ein schönes Fest werden. Am Abend vorher wurde der Polterabend in der Scheune gefeiert und alle Verwandten und Freunde waren eingeladen. Pam durfte natürlich nicht fehlen, sie sollte eine der Brautjungfern sein. Helen und Lars waren als Trauzeugen bestimmt. Was sie auch gerne annahmen. Gegenüber in der kleineren Scheune prosteten sich die Mitarbeiter fröhlich zu. Die Krönung des Abends war die ortsansässige Musikkapelle, die es sich nicht nehmen ließ, dem Paar ein Ständchen zu bringen. Als die Stimmung ihren Höhepunkt erreicht hatte, stand Axel von Dahlhaus gerade mitten auf dem Hof. Er bemerkte, dass es bei dem Dienstpersonal ziemlich laut wurde. War da etwa eine Rauferei im Gange? Eilig ging er hinüber, um nachzusehen, und richtig, sein Verwalter packte gerade einen seiner Feldarbeiter an den Kragen. Axel stellte die beiden zur Rede. Der Arbeiter bollerte volltrunken weiter: „Eine von uns käme nicht so einfach davon. Die würde mit Schimpf und Schande davongejagt. Die hätte nicht die Möglichkeit, noch so eine gute Partie zu machen!" Axel ahnte Fürchterliches und lief vor lauter Wut rot an. „Was redest du da für dummes Zeug?" „Ich habe sie doch gesehen, drüben am Scheunentor, wie sie sich die Seele aus dem Leib gekotzt hat!" Der Verwalter schrie im gleichen Augenblick: „Halts Maul, du versoffener Kerl, du weißt ja nicht mehr was du sagst!" Der Trunkenbold murmelte trotzdem weiter: „Komisch … und dann war sie auf einmal für drei Jahre verschwunden!" Axel stand die Zornesröte ins Gesicht geschrieben. Er drehte sich sorgenvoll um, ob auch keiner aus der Scheune gegenüber etwas hörte. Auf einmal sah er wie Stefan sich näherte. Das fehlte noch, dass er etwas mitbekam. Axel schrie jetzt seinen Verwalter Heinrichsen an, es wurde ihm heiß und kalt. „Bring das versoffene Schwein jetzt fort, der weiß ja nicht mehr was er sagt! Heinrichsen entschuldigte sich für den Zwischenfall.

Man sah ihm an, es war ihm furchtbar unangenehm. Dann packte er den Unruhestifter und brachte ihn in die Stallungen. Stefan fragte sofort: „Gibt es Ärger?" „Nein, der fängt immer an zu stänkern, wenn er zu viel getrunken hat! Und meistens hat er den Verwalter auf dem Kieker!" Komm wir gehen wieder rüber, wir lassen uns doch von so einem Kerl nicht das Fest verderben. Aber ärgerlich ist das schon, ich knöpfe ihn mir morgen vor, dann kann er seine Papiere abholen! Immer das gleiche mit dem Trunkenbold!" Stefan bemerkte, dass Axel ziemlich außer sich war. „Was hältst du davon, wenn wir zwei uns jetzt erst mal einen genehmigen?" „Das ist eine gute Idee, die hätte von mir sein können", lächelte Axel. Keiner von den anderen Gästen hatte etwas mitbekommen, das war für Axel das Wichtigste. Am nächsten Morgen erzählte er auch seiner Frau nichts von dem Zwischenfall. Er wollte ihr den Tag nicht verderben. Doch mit dem Arbeiter, der nun ziemlich kleinlaut vor ihm stand, hatte er kein Mitleid. „Sollte ich noch einmal hören, dass du solche Gerüchte in die Welt setzt, zeige ich dich an! Hier sind deine Papiere und jetzt raus mit dir!" Nachdem der Feldarbeiter das Arbeitszimmer verlassen hatte, brauchte Axel einen Schnaps. Er wurde den Gedanken nicht los, was wäre, wenn der sein dummes Maul nicht hielt? Plötzlich stand Katharina im Raum. „Was machst du denn da? Hast du gestern nicht genug gehabt?" „Zeig mir den Vater, der nicht nervös ist, wenn sein einziges Kind vor den Traualtar tritt!" „Rede nicht, du hast keinen Grund nervös zu sein, es läuft alles in deinem Sinne. Jetzt aber raus mit dir, du musst dich umziehen! Und kümmere dich mal um den Bräutigam, dem geht es scheinbar ebenso! Ich muss nach Theresa sehen!"

Nun war es so weit, Theresa stand in ihrem wunderschönen weißen Brautkleid vor dem Spiegel und betrachtete sich. Im gleichen Augenblick öffnete sich die Tür, ihre Mutter und Sophia betraten das Zimmer. Ihre Bewunderung kannte keine Grenzen. „Du bist die schönste Braut, die ich je gesehen habe, mein Kind. Papa wird stolz auf dich sein, und dein Holger erst ...!"

Sophia schaute sich die Braut etwas genauer an. Sie stutzte als sie die traurigen Augen sah. „So sieht aber keine glückliche Braut aus, was ist los mit dir Theresa? Gefällt dir dein Kleid nicht mehr?"

„Doch, ich habe nur wenig geschlafen!" „Na, na, das kannst du mir nicht erzählen, dich bedrückt doch etwas!" Plötzlich füllten sich Theresas Augen mit Tränen. Dann brach es aus ihr heraus. „Ich kann das nicht, ich kann ihm das nicht antun!" „Wovon sprichst du, mein Kind? Holger liebt dich und du ihn!" „Er hat es nicht verdient, dass ich nicht ehrlich zu ihm bin! Er ist so ein wundervoller Mensch! Mein schlechtes Gewissen lässt mir keine Ruhe. Ich hätte ihm die Wahrheit sagen müssen! Mama bitte, du musst mir helfen, wir müssen die Hochzeit absagen! Oder einfach nur verschieben! Ich muss das erst in Ordnung bringen!"

„Theresa, das kannst du nicht machen! Dafür ist es jetzt zu spät, wie stellst du dir das vor? Die Gäste sind schon alle da. Der Pfarrer in der Kirche wartet schon auf euch! Holgers Familie ist schon längst eingetroffen!"

„Aber ich kann es nicht, ich kann ihn nicht heiraten! Nicht mit dieser Lüge!" Katharina nahm ihre Tochter tröstend in den Arm. „Nun sei mal vernünftig und beruhige dich erst einmal. Du kannst jetzt nicht alles absagen. Du würdest uns zum Gespött der Leute machen! Nicht auszudenken, wie man über uns reden würde! Wenn dein Holger dich wirklich so liebt, wird er dir verzeihen! Denk an die Worte deines Vaters! Sollte er einmal dahinterkommen, spricht er mit ihm. Dich trifft keine Schuld! Holger muss ja nicht für Sebastian sorgen! Sebastian kann hier in der Nähe ein

Internat besuchen, wenn du möchtest. Glaube mir mein Kind, es wird ihm gut gehen! Um die finanziellen Angelegenheiten kümmern wir uns! An den Wochenenden kann er uns dann jederzeit besuchen." Sophia stimmte ihrer Schwägerin zu. „Was macht ihr euch für Gedanken? Noch wohnt Sebastian bei mir und es geht ihm gut. Sebastian hat sich so an Jenny gewöhnt, sie kommen prima miteinander aus." Lachend fügte sie hinzu: „Wenn es gar nicht anders geht, dann adoptiere ich Sebastian eben!" Katharina schmunzelte ein wenig und blinzelte ihrer Schwägerin zu. „Das ist gar keine schlechte Idee. „Wer will dir denn verbieten, ein Kind zu adoptieren?" Eindringlich versicherten sie Theresa noch einmal: „Alles wird gut, du wirst schon sehen!"

So langsam beruhigte sich Theresa, diese Argumente hatten sie überzeugt. Vielleicht hatte ihre Mutter ja recht! Theresa holte noch einmal tief Luft, reinigte ihr Gesicht und war nun bereit. Die Hochzeit konnte stattfinden! Draußen auf dem Flur, wo Theresa sie nicht mehr sehen konnte, umarmten sich Katharina und Sophia. Katharina fiel ein Stein vom Herzen und flüsterte: „Das war ein ganzes Stück Arbeit!" „Das magst du wohl sagen, nicht auszudenken, wenn das schiefgegangen wäre. Die Leute hätten richtig Gesprächsstoff gehabt! Ich danke dir für deine Unterstützung, Sophia." Katharina und Sophia setzten ihre eleganten Hüte auf und begaben sich mit den anderen Gästen auf den Weg zur Kirche. Axel von Dahlhaus wurde immer unruhiger, er musste noch einen Augenblick warten. Er durfte erst fünf Minuten später mit der Braut losfahren. Schließlich war es Sitte, dass die Braut zuletzt kam. Der Bräutigam wartete inzwischen mit seinem Trauzeugen und seinem Vater vor dem Eingang. Als Katharina ankam, wusste Holger, dass Theresa jeden Moment eintreffen würde. Die Kirche war schon ziemlich gut besucht. Die restliche Familie hatte auch schon ihre Plätze eingenommen. Holger wartete nun ziemlich nervös am Altar auf die Braut. Endlich war es soweit, die Orgel setzte ein. Als Theresa am Arm ihres Vaters die Kirche betrat, zog sie bewundernde Blicke auf sich. Sie trug ein weißes Brautkleid aus

Satin mit einer kleinen Schleppe. Der Kranz ihres Schleiers in einer Hochsteckfrisur verarbeitet, wirkte wie ein Diadem aus weißen Blüten mit kleinen Steinchen. Sie sah wunderschön aus. Holger stockte förmlich der Atem, er musste einige Male schlucken. Seine Augen füllten sich mit Tränen des Glücks. Voller Stolz reichte er ihr die Hand, verbeugte sich kurz und küsste formvollendet ihre Hand.

Katharina Dahlhaus, ihr Mann und ihre Schwägerin wurden während der Trauung noch einmal sehr nervös. Denn in dem Augenblick, als Theresa ja sagen sollte, wurde es ganz still. Alle warteten auf ihr „Ja". Ausgerechnet in dem Moment blickte sie auf die prächtige Madonna mit Kind. Ihr Gesicht wirkte so rein und ehrlich. Und doch sah Theresa in ihren Augen eine gewisse Wehmut. Ja, sogar etwas Leidendes, als trüge sie alle Sünden dieser Welt auf ihren Schultern. Theresa zögerte, Holger wurde unruhig, er räusperte sich, schaute sie mit großen Augen fragend an. Auch der Pfarrer hüstelte ein wenig. Ihre Eltern und auch Sophia hielten für kurze Zeit die Luft an. Sie wird es sich doch nicht inzwischen anders überlegt haben? Katharina dachte nur „Kind, tu uns das nicht an." Dann endlich kam die erlösende Antwort aus ihrem Munde. „Ja, ich will!" Allen fiel ein Stein vom Herzen. Holger atmete tief durch. Die Trauungszeremonie konnte weitergehen. Holger durfte die Braut jetzt küssen. Der Kuss fiel lang und innig aus! Von lauter Orgelmusik begleitet, schritt das Brautpaar langsam durch den Mittelgang hinaus. Bei der vorletzten Bank stockte Theresa ein wenig, war da nicht Jörn? Ja, er schaute zu ihr rüber, als er bemerkte, dass sie ihn sah, ging er mit seinem Kopf etwas zurück! Komisch, dachte sie, warum versteckt er sich? Sophia hat gar nicht erzählt, dass Jörn mitgekommen war. Nun ja egal, ich kann sie später fragen. Nach der kirchlichen Trauung fuhr das Brautpaar in einer offenen Kutsche zum Gut. Unterwegs sagte Holger: „Liebes, ich hatte solche Angst gehabt, dass du es dir anders überlegt hättest und nein sagen würdest! Ich wurde schon total nervös! Was war nur los mit dir?" Verlegen stotterte Theresa:

„Ach Liebling, ich war mir nicht sicher, ob ich deinen Ansprüchen genüge, ob ich gut genug für dich bin!" „Oh Liebes", Holger lächelte erleichtert, nahm sie zärtlich in seine Arme und küsste sie erneut, „so etwas möchte ich nie wieder von dir hören! So was darfst du gar nicht erst denken. Du kleines Dummerchen, ich bin doch so stolz auf dich! Eine bessere Frau hätte ich gar nicht finden können. Ich liebe dich, Frau Ahrens!" Um dieses zu besiegeln, küsste er sie noch einmal.

Später stellte sich heraus, dass die anderen Gäste der Meinung waren, dass Theresa so ergriffen war und nicht direkt antworten konnte. Damit waren alle bösen Gedanken aus dem Weg geräumt und die Gäste fanden es sogar schön. Als Theresa zwischendurch Tante Sophia allein erwischte, fragte sie. „Wo ist denn Jörn?" „Jörn? Wie kommst du denn auf Jörn? Den habe ich schon lange nicht gesehen, der ist sicher wieder in Frankreich!" „Nein, Tante Sophia, er ist hier! Ich habe ihn doch in der Kirche gesehen!" „Da musst du dich irren mein Kind, ich bin doch alleine gekommen! Wenn er wirklich da gewesen wäre, hätte ich ihn doch auch gesehen! Du hast dich bestimmt geirrt. Oder du hast ihn mit irgendjemand verwechselt. So etwas ist mir auch schon passiert." Theresa tat so, als gäbe sie sich mit der Antwort zufrieden. „Und nun feiere schön, mein Kind, es soll doch der schönste Tag in deinem Leben sein. Trink lieber ein Gläschen Champagner mit mir, das bringt dich auf andere Gedanken." Doch der Gedanke ging ihr nicht mehr aus dem Kopf. Sie wusste genau, dass sie Jörn in der Kirche gesehen hatte! Warum verhielt er sich so seltsam? Nach dem hervorragenden Essen, was natürlich Alfredo zubereitet hatte, kam der Brauttanz. Theresa wurde von der Fröhlichkeit so angesteckt, dass sie diese dumme Geschichte mit Jörn vorläufig vergaß. Es wurde bis in die frühen Morgenstunden hinein gefeiert.

Am nächsten Tag gingen Holger und Theresa auf Hochzeitsreise nach Venedig. Holger hatte sie damit überrascht.

Es waren die schönsten drei Wochen in ihrem Leben. Holger trug sie buchstäblich auf Händen! Theresa war so glücklich, sie liebte Holger über alles. Ab und zu erwischte sie sich, dass sie darüber nachdachte, wie stark mag seine Liebe wohl zu mir sein? Wie würde er reagieren, wenn er dahinterkam, dass sie ein Kind hatte? Würde er sie verlassen? Könnte er ihr das je verzeihen? Ihr Glück wäre fast perfekt gewesen, wenn nicht diese ewig nagende Wunde in ihrem Herzen wäre.

Die Firma Ahrens hatte ihren Sitz in Kiel. Nach ihrer Hochzeitsreise bezogen sie erst einmal ein kleines Häuschen in Kiel, das sie gemietet hatten. Nicht zu vergleichen mit der Villa seiner Eltern, die sich ganz in der Nähe befand. Holger hatte jede Menge zu tun. Es war natürlich einiges an Arbeit liegen geblieben. Holger sicherte ihr aber zu: „In ein paar Jahren bauen wir uns ein Häuschen in der Nähe deiner Eltern. Was hältst du davon? Ich weiß doch ganz genau wie sehr du das Landleben liebst!" „Oh Holger, das wäre ja großartig!" Theresa war überglücklich! Sie wusste genau, einen besseren Ehemann hätte sie nicht finden können. Ihr schlechtes Gewissen keimte wieder auf. Er hatte es nicht verdient, eine Frau an seiner Seite zu haben, die nicht ehrlich zu ihm war. Der Gedanke an Sebastian zerriss ihr jedes Mal das Herz.

Eines Morgens, als Holger das Haus schon verlassen hatte, nahm sie die Gelegenheit wahr, um Sophia anzurufen. Sie wollte wissen, wie es Sebastian ging. Plötzlich fiel ihr die Sache mit Jörn wieder ein. Sie konnte es fast beschwören, dass sie ihn bei ihrer Hochzeit in der Kirche gesehen hatte! Sophia berichtete ihr, dass es Sebastian gut ginge und er sehr fleißig in der Schule sei. „Wenn du ihn das nächste Mal siehst, wirst du staunen wie groß er schon wieder geworden ist. Ab und zu hilft er mir auch schon in der Werkstatt, er ist wirklich ein prima Junge! Mach dir keine Sorgen, er vermisst nichts!" Der letzte Satz stach Theresa ein wenig ins Herz. Sie wusste genau wie Sophia es meinte, sie wollte ihr sicher damit nicht wehtun.

Aber es tat weh. Absichtlich brachte Theresa das Gespräch auf Jörn. „Ach, hör mir auf mit Jörn, ich sagte dir doch schon auf eurer Hochzeit, dass ich ihn länger nicht gesehen habe. Bei seinem letzten Besuch war ich ganz entsetzt. So heruntergekommen sah er aus. Er hat sich sehr zum Nachteil verändert. Ich befürchte er nimmt Drogen. Manchmal weiß er gar nicht mehr, was er sagt. Auch sein Charakter hat sich irgendwie verändert. Richtig aggressiv wurde er bei unserer letzten Unterredung, so dass ich es mit der Angst zu tun bekam. So etwas habe ich bei ihm ja noch nie erlebt! Wenn er sich nicht ändert, habe ich ihm gesagt, braucht er gar nicht mehr wiederzukommen. So etwas dulde ich in meinem Hause nicht. Er zog dann auch am nächsten Morgen wieder ab, als er bemerkte, dass er diesmal kein Geld von mir bekommen würde. Das ist jetzt etwa ein halbes Jahr her." Theresa machte sich jetzt doch ernsthafte Sorgen um Sophia. Jörn war doch sonst nicht so? Sollte er sich so verändert haben?

„Tante Sophia, bitte sei vorsichtig, wenn solche Leute unter Drogen stehen …, das ist gefährlich! Du solltest ihn besser nicht mehr ins Haus lassen! Versprich mir das!"

„Aber Kind, mach dir doch keine Sorgen, ich habe alles im Griff!" Lachend fügte sie noch hinzu: „Mit dem werde ich schon fertig! Sag mir lieber, ob bei euch alles in Ordnung ist? Bist du glücklich, mein Kind?" „Aber ja, Holger trägt mich auf Händen! Und bei Mama und Papa ist auch alles o.k." „Bestell ihnen schöne Grüße und mach dir keine unnützen Gedanken!" Dann verabschiedeten sie sich liebevoll.

Stefan Ahrens, ein ausgebuffter Geschäftsmann, wusste was er wollte. Er stand mit beiden Beinen auf der Erde. Groß und breitschultrig wie er war, flößte er jedem Respekt ein. Clara Ahrens, eine bildhübsche Frau, versuchte pausenlos ihrem Mann etwas mehr Manieren beizubringen. Leider ohne Erfolg! Über die derbe und direkte Art ihres Mannes schüttelte sie oft ihren Kopf. Seine Ausdrucksweise fiel manchmal etwas ungeschliffen aus. Er meinte es aber nicht böse. Clara musste einsehen, dass er sich nicht mehr umkrempeln ließ. Sie selbst legte großen Wert auf ihr äußeres Erscheinungsbild. Ihre achtundfünfzig Jahre sah man ihr nun wirklich nicht an. Mit ihrem schwarzen Haar, das sie zu einem eleganten Knoten gebunden hatte, wirkte sie fast ein bisschen südländisch. Trotzdem sie anfangs Bedenken hatte, kam Theresa mit ihrer Schwiegermutter bestens zurecht.

Obwohl Holger längst Inhaber der Firma war, bat er seinen Vater mit Axel über den Kauf der Grundstücke zu sprechen. Als Schwiegersohn mit Axel über Preise zu verhandeln viel ihm schwer. Stefan war sehr erfreut darüber, er wurde gebraucht! Schon früher versuchte Stefan in dieser Region Bauland zu erwerben, doch die Preise waren ihm einfach zu hoch. Axel verlangte längst nicht diese horrenden Wucherpreise. So kam es ihm also sehr gelegen, das Land von Axel zu erwerben. Sie einigten sich auf 10 Hektar Land. Stefan ahnte ja nicht, wie dringend Axel dieses Geld brauchte. Beide waren davon überzeugt, ein gutes Geschäft gemacht zu haben.

Eines Nachmittags überraschte Holger Theresa, als sie die Stellenanzeigen durchblätterte. Lachend fragte er: „Aber Schatz, was willst du denn damit?" „Du wirst es kaum glauben, ich suche mir einen Job!" „Das ist doch wohl nicht dein Ernst! „Wenn du unbedingt arbeiten möchtest, dann kannst du bei uns in der Firma arbeiten. Vater wird sehr erfreut sein, wenn er das hört." Schäkernd fügte er hinzu: „Ich würde es nie und nimmer zulassen, dass du irgendeinem Chef schöne Augen machst!" Lachend fragte Theresa: „Ist da etwa jemand eifersüchtig?" Holger nahm Theresa in den Arm und küsste sie leidenschaftlich. Später meinte er: „Theresa, jetzt mal ganz im Ernst, ich könnten dich wirklich gut gebrauchen. Seit Vater mir den Betrieb übergeben hat, habe ich wesentlich mehr zu tun als früher. Du wärst mir eine große Hilfe!

Mutter wird dich ganz bestimmt nicht verstehen. Sie sagt immer: „Wie kann man nur freiwillig in diese Firma gehen. Das ist überhaupt nicht ihre Welt. Sie hat sich nie fürs Geschäft interessiert!" „Und mir würde es mehr Spaß machen, als in der Kanzlei zu arbeiten. Sicherlich müsste ich mich erst einarbeiten, aber da sehe ich kein Problem." „Ach Theresa, du glaubst gar nicht wie froh ich darüber bin! Vater wird auch angenehm überrascht sein, wenn er das hört." Jetzt lachte er verschmitzt! „Ich wusste doch, dass ich mir die richtige Frau ausgesucht habe." Theresa fing auf Holgers Wunsch direkt am nächsten Montag an.

Die Arbeit machte ihr richtig Spaß. Sogar ihre Englischkenntnisse kamen ihr dabei zugute. Stefan Ahrens war mit seiner Schwiegertochter sehr zufrieden, nahm sie ihm doch die meiste Arbeit ab.

Ab und zu lud Theresa ihre Schwiegereltern zum Essen ein. Ihr Schwiegervater, ein guter Esser, ließ es sich besonders gut schmecken. „Eines muss man dir lassen, mein Mädchen, kochen kannst du!" Clara erklärte heiter: „Ich sage ja immer, Theresas Kochkünste sind nicht zu übertreffen! Da kann ich mir noch so viel Mühe geben, es liegt mir einfach nicht". Lachend erklärte sie: „Es ist gut, dass wir unsere Trude haben, sonst würden wir verhungern! Wo hast du nur so gut Kochen gelernt?" „Bei meiner Mutter habe ich mir schon immer einiges abgeguckt. Und später dann bei Sophia in London, sie kocht ganz fantastisch. Sie beherrscht sogar die französische Küche. Wenn man gut aufpasst, kann man einiges von ihr lernen. Aber es muss einem auch Spaß machen." Es war Holger anzusehen, wie stolz er auf seine Frau war. Aufmerksam wie er war, schenkte er seinen Eltern noch etwas Wein nach.

Ganz unerwartet kam von Clara die Frage: „Wie lange warst du eigentlich in London? Und warum?" Theresa lief es heiß und kalt über den Rücken. Sie wusste gar nicht so schnell, was sie antworten sollte. „Drei Jahre. Tante Sophia ging es nicht so gut, sie hatte Probleme mit ihrem Herzen! Und da ich eh mal gerne ein oder zwei Jahre im Ausland verbringen wollte, bot es sich an. Gleichzeitig habe ich dort meine Ausbildung absolviert. Mein Vater hätte mich sonst nie weggelassen!" „Deine Tante Sophia haben wir ja auf eurer Hochzeit kennengelernt", meinte Stefan. „Eine nette Person. Ich kann mich noch gut an sie erinnern. Ich wusste gar nicht, dass sie herzkrank war, sie schien mir doch ganz munter zu sein." „Ja, es geht ihr auch inzwischen wieder besser. Wir sind auch ganz froh darüber. Aber mit dem Herzen, das ist so eine Sache, wir wissen nicht wie krank sie wirklich ist. Sie spricht nicht darüber. Vater macht sich doch mehr Sorgen um seine Schwester als er zugibt. Deshalb fliege ich, zweimal im Jahr zu ihr, um nach dem Rechten zu sehen. Wer soll sich sonst um sie kümmern, wenn nicht die eigene Familie. Sie hat ja sonst niemanden." Etwas nachdenklich fragte Clara: „Wäre es da nicht besser, sie würde wieder zu euch aufs Gut ziehen?" „Den Vorschlag hat Vater ihr längst gemacht, aber sie will nicht. Ich kann sie verstehen. Sophia hat sich dort eine Existenz aufgebaut, ihre Skulpturen verkaufen sich gut. Sie ist sehr erfolgreich. Außerdem hat Sophia ein wunderschönes Haus, ihre Werkstatt ist gleich nebenan. Sie möchte das alles nicht so einfach aufgeben." Clara hakte noch einmal nach: „Lebt Sophia denn ganz alleine in ihrem Haus?" Theresa lief es erneut eiskalt den Rücken hinunter. Was sollte sie nur so schnell antworten? Sie musste schleunigst eine Lüge erfinden. „Nein, nein, Sophia hat eine Aufwartefrau und eine Hausangestellte." Clara gab sich mit dieser Antwort zufrieden. Theresa wunderte sich über sich selbst, wie leicht ihr diese Lüge über die Lippen gekommen ist. Hatte sie denn überhaupt keine Skrupel mehr? Sie hatte den Eindruck ihr Lügengebilde wuchs immer mehr. Als Stefan dann auch noch äußerte: „Soweit ich mich erinnere, hat sie uns auch eingeladen sie einmal zu besuchen. Ich hätte nichts dagegen. Ihre Skulpturen würde ich mir gerne mal ansehen!" „Gern, das ist eine gute Idee. Ich werde mit Tante Sophia darüber sprechen." Im Stillen dachte sie, um Himmelswillen, soweit darf es gar nicht erst kommen! Das muss ich irgendwie verhindern! Theresa wurde nun zusehends nervöser. Während sie mit Holgers Hilfe etwas fahrig den Tisch abräumte, stieß sie Claras Glas um. Das war ihr sehr peinlich. Doch Clara und Stefan nahmen es mit einem Lächeln hin. Sie waren sich einig: „So etwas kann doch jedem mal passieren." Nur Holger entging es nicht, dass irgendetwas mit seiner Frau nicht stimmte. An Theresas Hals bildeten sich hektisch rote Flecken, diese Flecken bekam sie immer, wenn sie innerlich sehr aufgeregt war. Holger versuchte eine Erklärung zu finden warum sie so nervös war.

In der folgenden Nacht konnte Theresa kaum einschlafen. Ihr schlechtes Gewissen meldete sich. Sie hatte gelogen! Sicher, es stimmte ja, dass Sophia Probleme mit ihrem Herzen hatte. Doch Theresa dachte darüber nach, dass, wenn man einmal gelogen hat, man immer tiefer ins Schlamassel hineinrutscht! Hoffentlich fliegt meine Lüge nicht auf. Sie nahm sich vor, mit ihren Eltern über dieses Thema zu sprechen, damit sie die gleiche Version erzählen würden, falls das Thema noch einmal aufkommen sollte. Ihr schlechtes Gewissen quälte sie bis in den Schlaf. In der Nacht wurde Holger wach. Theresa schlief so unruhig und murmelte immer vor sich hin. Er konnte nicht alles verstehen. Sie wälzte sich hin und her. Immer wieder murmelte sie etwas vor sich hin. Scheinbar führte sie einen regelrechten Kampf, so dachte Holger. Bis er sie schließlich weckte. „Theresa, Theresa, wach auf! Was ist denn los mit dir? Liebes, du bist ja ganz nass geschwitzt! Du hast ja regelrecht einen Kampf geführt! Hattest du einen Albtraum?" Theresa setzte sich auf, sie musste erst mal realisieren, wo sie sich befand. Noch ziemlich benommen sprach sie von einem schlechten Traum und ging schnell ins Bad. Später schlief sie in Holgers Armen wieder ein. Holger machte sich Sorgen, noch nie hatte Theresa so unruhig geschlafen. Am darauffolgenden Morgen sprach er Theresa während des Frühstücks darauf an: „Theresa, was war los mit dir in der letzten Nacht? Du musst ja einen recht schlimmen Albtraum gehabt haben?" Theresa antwortete etwas zögerlich: „Ach, ich weiß auch nicht! Vielleicht lag es an dem Krimi, den ich im Fernsehen gesehen habe. Ich glaub das war so eine Art

Psychokrimi. Der hat mich ganz schön aufgeregt, ich konnte kaum einschlafen." Im Stillen hoffte sie, das Holger sich damit zufriedengab.

Ein Jahr nach ihrer Hochzeit brachte Theresa in der nahegelegenen Klinik eine kleine Tochter zur Welt. Holger konnte es gar nicht fassen, er war ja so glücklich, dass er nicht bemerkte, wie traurig Theresa ab und zu dreinschaute. Theresas Mutter registrierte es aber sehr wohl, ließ sich jedoch nichts anmerken. Holgers Stolz und Freude kannte keine Grenzen. Immer wieder bekundete er: „Ich bin Vater geworden, habt ihr das gehört, ich bin Vater einer kleinen Tochter!" Ist sie nicht allerliebst? Schau mal, sie hat das Näschen von Theresa, sieh nur die kleinen Händchen! Die Haare sind etwas heller als meine, vielleicht bekommt sie eher Theresas Haarfarbe?" Theresa musste lachen, „Aber Schatz, das kann man doch jetzt noch gar nicht sagen! Warten wir es ab, wir werden es sehen!"

Theresa erholte sich schnell. Und ihre kleine Tochter, der sie den Namen Anna-Maria gaben, von dem die Großeltern noch nichts wussten, ging es prächtig.

So konnte sie ein paar Tage später die Klinik wieder verlassen. Am kommenden Wochenende kam die Familie zusammen. Die Geburt des Enkelkindes musste natürlich gefeiert werden! Stefan und Axel wurden sich schnell einig, dass man dieses freudige Ereignis auf Gut Dahlhaus feierte. Schon allein wegen der Tradition.

Axel von Dahlhaus begrüßte Stefan Ahrens mit stolzer Brust. „Na, das müssen wir Großväter doch feiern, was meinst du Stefan?"

„Klar!" erwiderte dieser: „Wenn das kein Grund ist?" Dabei zwinkerte er Axel zu! „Das haben wir uns redlich verdient!" Die beiden Omas gaben sich vorläufig mit Kaffee und Kuchen zufrieden. Später genehmigten sie sich einen Cherry. Holger und Theresa kümmerten sich erst einmal um ihre kleine Tochter bis sie einschlief. Erst dann gesellten sie sich zu den Großeltern. Neugierig schauten alle auf, als die jungen Eltern hereinkamen. Fast gleichzeitig richteten Clara wie auch Katharina, die Frage an die jungen Leute: „Wie soll euer Kind denn nun heißen? Habt ihr euch denn schon einen Namen ausgesucht? Macht es nicht so spannend!" Jetzt sahen auch die beiden Herren aus ihrer gemütlichen Ecke auf. Stefan fügte hinzu „Nun sagt schon ihr zwei!" Holger und Theresa lachten, darin waren sie sich längst einig! Holger erklärte mit stolzer Brust: „Unsere Tochter soll Anna-Maria Katharina heißen!" Alle Familienmitglieder schauten sich an und schmunzelten, ganz besonders Katharina! Der Name gefiel ihr gut. Etwas skeptisch schaute sie zu Clara: „Du bist doch nicht böse, oder?" Clara winkte sofort ab. „Aber nein, im Gegenteil, so schön ist Clara nun wirklich nicht! Anna-Maria Katharina ist ein sehr schöner Name. Ihr habt eine gute Wahl getroffen!" Stefan und Axel nickten zufrieden und genehmigten noch einen Cognac. „Dann zum Wohle auf unsere kleine Anna-Maria, unser erstes Enkelkind, auf das es ihr immer gut geht!"

Holger und Theresa waren sehr stolz auf ihre kleine Tochter. Anna-Maria wurde zum Mittelpunkt ihres Lebens. Theresa hatte das Kinderzimmer mit viel Liebe und Sorgfalt eingerichtet. Durch die weißen Möbel, die rosa umrandet waren, wirkte das Zimmer wie eine Puppenstube. Über dem Bettchen hing eine weiße Tüllgardine. Selbst an den Fenstern hing weißer Tüll mit rosa Schleifen. Wenn Holger abends nach Hause kam, führte ihn sein erster Weg ins Kinderzimmer. Er schlich leise zum Bettchen und bestaunte seinen kleinen Sonnenschein. „Wie hübsch sie doch ist!", flüsterte er zu Theresa. „Sie wird einmal genau so hübsch wie ihre

Mama." Theresa hatte jedes Mal Mühe ihn wieder aus dem Zimmer zu bekommen. Holger schmollte ein wenig. „Du hast sie den ganzen Tag, aber ich sehe sie immer nur am Abend, wenn sie schläft!" Theresa lachte: „Warte ab, am Wochenende mache ich einen Einkaufsbummel, dann hast du sie ganz für dich alleine! Du wirst froh sein, wenn ich wieder da bin!" Mit Clara und Stefan war es ähnlich, sie waren auch ganz vernarrt in die Kleine. Immer wenn sie kamen, brachten sie ein neues Spielzeug mit. Obwohl Anna-Maria noch gar nicht damit spielen konnte. Beim letzten Besuch hatte Theresa die Kleine gerade auf dem Wickeltisch. Clara beobachtete, wie Theresa die Kleine wickelte. „Also Theresa, ich bewundere dich, wie perfekt du das machst! Als hättest du nie etwas anderes gemacht! Wenn ich daran denke wie unsicher ich bei Holger war, ich hatte immer Angst, dass ich irgendetwas falsch mache. Wer hat dir das nur so perfekt beigebracht?" Theresa wurde etwas verlegen, schon wieder beschlich sie die Angst entdeckt zu werden. „Im Krankenhaus haben wir jungen Mütter einen Wickelkurs besuchen können. Da lernt man das schnell." „Versteh ich gar nicht, soweit ich mich erinnere, habe ich den doch auch mitgemacht. Nun ja, vielleicht habe ich mich auch nur zu blöd angestellt!" Stefan kam hinzu und konnte sich eine scherzhafte Bemerkung nicht verkneifen. „Aber meine Liebe, mach dir nichts daraus, wenigstens ist er dir nicht vom Wickeltisch gefallen!" Jetzt kam auch Holger lachend dazu. „Na, „Vater, bist du dir da ganz sicher? Ich wundere mich nämlich immer, warum ich in deine Fußstapfen getreten bin? So ganz normal kann man da doch wohl nicht sein?" „Oh warte mein Sohn, ich habe dir wohl lange nicht die Ohren langgezogen!" Holger hatte die Lacher auf seiner Seite, sogar Anna- Maria verzog ihr Schnütchen zu einem Lächeln. Worauf Holger freudig bemerkte: „Ich wusste doch, dass ich eine kluge Tochter habe!"

Die Jahre vergingen wie im Flug. Anna-Maria war längst im Kindergarten. Die Familie hatte sich daran gewöhnt, dass Theresa zweimal im Jahr für kurze Zeit nach London flog. Für ihre Tochter war das kein Problem, sie schlief sehr gerne bei Oma und Opa. Denn bei den beiden wurde sie richtig schön verwöhnt! Nur Holger machte sich so seine Gedanken. Er verstand es nie so richtig. Warum musste Theresa regelmäßig zweimal im Jahr nach London? Würde es nicht auch reichen, wenn sie mit ihrer Tante telefonierte? Wenn es ihr gesundheitlich nicht gut ginge, konnte sie doch immer noch zu ihr. Irgendetwas stimmt da nicht. Holger hatte ein seltsames Gefühl. Ab und zu murmelte sie richtig laut im Schlaf. Doch verstehen konnte er es nie.

Einmal hatte Theresa großes Glück, Holger wollte unbedingt mit ihr nach London fliegen. Die Terminverzögerungen bei dem neuen Sparkassenbau hielten ihn im letzten Moment davon ab. Oft fragte sie sich, wie lange konnte sie dieses Lügengebilde noch aufrechterhalten? Schließlich war Holger ja nicht blöd! Irgendwann musste er doch dahinterkommen!

Gesten Abend, als Holger noch auf der Baustelle war, hatte sie heimlich mit Sophia gesprochen. Was wäre gewesen, wenn er zufällig dieses Gespräch mitbekommen hätte? Sophia berichtete ihr unter anderem, das Sebastian sich den Arm gebrochen hat. Er war von der Schaukel gefallen. „Mach dich jetzt bitte nicht verrückt, so etwas passiert eben bei kleinen Jungs. Wir waren im Krankenhaus, er hat einen Gips bekommen. Es ist halb so schlimm! Übrigens, Sebastian ist sehr stolz auf seinen Gipsarm." „Dann bin ich ja beruhigt, aber ich würde doch gern mal wieder zu euch kommen." „Du weißt ganz genau, dass ich mich immer darüber freue, wenn du uns besuchst." „Ich spreche mal mit Holger, vielleicht kann ich es einrichten." „Wir hören voneinander, bis bald!" Nachdem Theresa aufgelegt hatte, machte sie sich wie immer Vorwürfe. Wenn sie bei ihrem Sohn gewesen wäre …? Vielleicht hätte sie es ja verhindern können? Theresa dachte nach, sie suchte einen Grund, damit sie Sophia besuchen konnte. Doch im Augenblick fiel ihr so schnell nichts ein.

Am darauffolgenden Tag sprach sie mit Holger über ihr Vorhaben. Holger zeigte sich nicht sehr begeistert. „Ach, Theresa, muss das denn sein? Wenn es deiner Tante nicht gut ginge, hätte sie sich sicherlich gemeldet! Ich und unsere Kleine brauchen dich auch."

„Es ist ja nicht nur wegen Sophia, obwohl ich mir schon Sorgen mache um ihre Gesundheit. Sie klang beim letzten Telefonat etwas geschwächt. Einfach ein paar Tage abschalten, wäre auch nicht schlecht. Außerdem würde ich gern mal meine alten Freundinnen wiedersehen! Bitte, Schatz, sei lieb und sag ja!" „Und wie lange willst du dieses Mal bleiben?" „Nur eine Woche, das verspreche ich dir! Deine Eltern freuen sich bestimmt, wenn sie Anna-Maria mal wieder ganz für sich alleine haben dürfen." „Ja, ja und nach mir fragst du gar nicht! Immer deine Alleinreisen, wir können doch mal zusammen deine Tante besuchen." „Aber Schatz, das können wir beim nächsten Besuch gern einplanen. Warum auch nicht? Nur jetzt habe ich mich schon mit meinen Freundinnen verabredet. Das wäre doch wohl zu langweilig für dich, oder?" „Ach dann hast du diesen Besuch also schon länger geplant? Wenn du es eher mit mir besprochen hättest, dann hätte ich mir vielleicht Urlaub nehmen können. Aber du hast ja nicht einmal in Betracht gezogen mich mitzunehmen!" „Holger, bitte sei nicht böse! Ich dachte nur, weil ihr mit dem Neubau der Sparkasse im Verzug seid käme es sowieso nicht infrage. Ich verspreche dir beim nächsten Mal reisen wir zusammen." Holger musste zugeben, Theresa hatte ja recht, er konnte vorläufig nicht weg. Er wurde auf der Baustelle gebraucht. Theresa ging auf Holger zu und umarmte ihn dankbar, er schaute ihr in die Augen als suche er irgendetwas. Tief in ihrem Inneren versuchte er die Wahrheit zu ergründen! Es dauerte lange bis er sie schließlich küsste! Theresa ahnte nicht was in Holger vorging. Sie war heilfroh, dass sie die Sache so gut hinter sich gebracht hatte. Holger ließ sie reisen. Nur das zählte im Augenblick. Theresa plante ihren Flug fürs kommende Wochenende. Am gleichen Abend rief sie Sophia an, sie fasste sich allerdings sehr kurz. Woraus Sophia entnahm, das Holger zu Hause war. Holger saß im

Wohnzimmer und las wie immer seine Zeitung. Allerdings erwischte er sich, dass er mehr auf das Gespräch horchte, als sich auf seine Zeitung zu konzentrieren. Nachdem sie aufgelegt hatte, informierte sie noch schnell ihre Eltern. Holger bekam nur mit, dass sie sagte: „Aber wieso? Holger hat nichts dagegen. Ich melde mich, wenn ich wieder zurück bin! Bis dann!

Mit ihren Schwiegereltern war Theresa sich schnell einig. Ihre kleine Tochter jedoch schaute zuerst etwas traurig drein, als sie erfuhr „Mama fährt weg!" Als Theresa ihr erklärte, dass sie in der Zeit bei Oma und Opa schlafen dürfe, jubelte sie vor Freude. Das war immer etwas Besonderes! Außerdem versprach Theresa ihr, ein Geschenk aus London mitzubringen. Nun war alles in Ordnung, dachte Theresa, jetzt brauche ich nur noch buchen. Ihren Flug buchte sie für Samstagvormittag. An diesem Abend war es Holger, der nicht einschlafen konnte. Es entging ihm nicht, dass Theresa richtig erleichtert war, als sie alle Vorbereitungen getroffen hatte. Warum nur? Sie waren doch glücklich miteinander? Was zog sie immer wieder nach London? Gab es doch noch einen anderen Mann in ihrem Leben? Es dauerte lange bis er endlich einschlief!

Nur Theresa schlief erleichtert und glücklich ein. Sie dachte darüber nach, dass Holger ja gar nicht ahnen kann, wie glücklich er sie gemacht hatte! Sie wusste nur eines, sie hatte den besten Mann, den sich eine Frau nur wünschen konnte! Also beschloss sie, ihm eine ganz besondere Freude zu machen. Am nächsten Morgen rief sie in dem Restaurant „La Gomera" an und bestellte denselben Tisch, den sie am ersten Abend hatten. Dann fuhr Theresa in die Stadt, um für Holger ein Geschenk zu kaufen. Bei einem Juwelier erstand sie ein Goldkettchen mit einem Anhänger, auf dem die Worte „Ich liebe dich" eingraviert waren. Theresa kaufte sich noch ein besonders reizvolles Kleid. Als nächstes rief sie Holger an und teilte ihm mit, dass sie ihn heute Abend um neunzehn Uhr im „La Gomera" erwarte! Holger war perplex! Es kostete sie nur einen Anruf bei ihren Schwiegereltern und das Problem mit ihrer kleinen Tochter war auch gelöst. Theresa erklärte ihnen, dass sie heute Abend mit Holger ausgehen möchte. Es sei ja der letzte Abend vor ihrer Abreise. Sie zeigten wie immer großes Verständnis. Als Holger nach Hause kam, um sich umzuziehen, war seine Frau nicht zu sehen. Wie abgesprochen erschien Holger pünktlich im „La Gomera". Er traute seinen Augen nicht. Da saß sie, genau an dem Tisch, an dem sie damals gesessen hatten. Das Kerzenlicht, die ganze Atmosphäre. Holger war sprachlos! Sie sah einfach umwerfend aus! Ihre Haare, das tolle Kleid. Ähnlich wie damals! Holger küsste sie zur Begrüßung noch etwas verwirrt auf die Wange. Theresa begrüßte ihren erstaunten Mann mit den Worten: „Liebling, das ist meine Überraschung für dich! Ich wollte dir einmal sagen, wie glücklich und dankbar ich bin, deine Frau zu sein!" Der Kellner goss den gleichen Champagner ein, den sie damals tranken und zog sich diskret zurück. Holger war sehr gerührt. In seinen Augen zeigten sich Tränen des Glücks. Während sie den Champagner tranken, reichte Theresa ihm ein kleines Päckchen über den Tisch. Fragend schaute er sie an. „Was ist das?" „Für dich, mein Schatz, als kleine Erinnerung an diesen Abend!" Vorsichtig öffnete er es. Dann hielt er das Goldkettchen in der Hand und las die Eingravierung. Ein strahlendes Lächeln huschte über sein Gesicht. Er beugte sich zu ihr hinüber und küsste sie zärtlich auf die Wange. Leise flüsterte er: „Danke, mein Liebes, eine größere Freude hättest du mir nicht machen können. Ich liebe dich sehr!" Theresa konnte es später gar nicht mehr sagen, war es die italienische leise Musik, das Essen oder der Champagner? Denn beide waren verliebt wie am ersten Tag. Die darauffolgende Nacht verbrachten sie leidenschaftlich und stürmisch.

Holger brachte Theresa am nächsten Morgen in Begleitung seiner Tochter zum Flughafen. Anna-Maria war gar nicht traurig, vielmehr interessierte sie sich dafür, was die Mami ihr wohl mitbringt, wenn sie wiederkommt. Auch Theresa schien richtig glücklich zu sein. Nur Holger fiel der Abschied besonders schwer nach der letzten Nacht. Was ist nur mit mir los, fragte er sich? Hatte er noch immer Zweifel? Er überlegte kurz, so ein Blödsinn! Theresa liebte ihn wirklich, dessen war er sich ganz sicher! Doch er wurde den Verdacht nicht los, dass irgendetwas nicht stimmte. Normalerweise müsste ihr der Abschied doch genauso schwerfallen wie ihm. Aber nein, sie scheint richtig glücklich zu sein! Am liebsten würde er hinterher fliegen, doch das ist unmöglich, er wurde an der Baustelle gebraucht! Holger küsste sie noch einmal zum Abschied mit den Worten: „Komm schnell zurück, du fehlst mir jetzt schon! Oder bleib doch hier?" Theresa versuchte, es locker abzutun, doch sie wusste genau, wie Holger es meinte.

Viertes Kapitel

Später im Flugzeug machte sie sich ihre Gedanken. Der arme Holger, das hat er nicht verdient, dass ich ihn so belüge. Sie sah ganz genau in seinen Augen, wie sehr er leidet. Aber was hätte sie ihm denn sagen können. Sollte sie vielleicht sagen: „Holger, ich bin so glücklich, dass ich Sebastian wiedersehe! Sebastian ist mein Sohn, das musst du doch verstehen! Ich habe ihn doch auch lieb!" Langsam rannen Tränen an ihren Wagen herunter. Sie dachte darüber nach, wie traurig Holger jetzt wohl sein mag. Aber ich muss doch auch an Sebastian denken! Was soll ich nur machen?

Er ist doch auch mein Kind! Und er sieht mich doch so selten. Du und Anna-Maria, ihr habt mich doch immer! Ihr ahnt ja gar nicht, was ich durchmache, wie sehr ich leide!

Innerlich fühlte sie sich total zerrissen. Es war so eine verfahrene Situation, wie sollte sie nur da herauskommen? Die Stewardess wurde schon aufmerksam und fragte, ob es ihr nicht gut ginge. Theresa entschuldigte sich: „Es ist alles in Ordnung, danke!" Schnell wurde ihr klar, sie musste sich zusammenreißen! Theresa überlegte kurz, egal was die Stewardess jetzt von mir denkt, oder auch Sophia. Ich bestelle mir am besten einen Cognac. Der wird hoffentlich helfen! Ich kann schließlich nicht so verheult ankommen! Nachdem sie den Cognac getrunken hatte, atmete sie tief durch. Sie schallte sich selbst! „Schluss mit den trüben Gedanken!" So und jetzt freue ich mich auf Sebastian. Ich muss ihm ein schönes Geschenk am Flughafen kaufen. Anders ging es ja leider nicht. Inzwischen befand sich die Maschine im Landeanflug. Theresa konnte ja nicht ahnen, dass es die letzte Reise nach London war, an dem sie Sophia lebend sah.

Die Maschine landete pünktlich. Sebastian und Sophia erwarteten sie schon. Wie immer rief Sebastian schon von weitem: „Tante Theresa, Tante Theresa!" Theresa und Sophia hatten sich darauf geeinigt, dass Sebastian zu Sophia Ma sagt und zu ihr Tante Theresa. Es war einfach besser für den Jungen. Theresa tröstete sich mit dem Gedanken, wenn Sebastian alt genug war, wollte sie ihm alles erklären. Obwohl Theresa jedes Mal einen Stich ins Herz bekam, wenn er sie „Tante" nannte. Ganz stolz und überschwänglich führte Sebastian seinen Gipsarm vor. „Tante Theresa, du musst auch deinen Namen darauf schreiben! Genau wie meine Freunde. Schau mal, wie viele Namen schon darauf stehen! Meine Freunde haben gesagt: „Es ist aber schade, dass es der linke Arm ist!" „Aber warum denn?" Theresa konnte sich das Lachen nicht verkneifen. „Dann könnte ich doch nicht schreiben und auch keine Hausaufgaben machen!" Wie ein richtiger Lausejunge lachte er sie dabei spitzbübisch an. „Schau mal, Sebastian, vielleicht tröstet dich das!" Theresa reichte ihm ein ferngesteuertes Flugzeug. Sebastian rief „Booooh" und strahlte übers ganze Gesicht! „Danke, Tante Theresa! Du bist einfach klasse!" Sophia und Theresa schauten sich schmunzelnd an. Als Theresa dann noch vorschlug ein Eis essen zu gehen, erklärte Sebastian: „Du bist einfach die Größte!" Später als sie im Haus ankamen, wurde natürlich auch Jenny sehr herzlich von Theresa begrüßt. Sie hatten sich viel zu erzählen. Über Sebastians Leistungen in der Schule, konnte Jenny nicht klagen. Ganz im Gegenteil, die Lehrer waren sehr zufrieden mit ihm. Allerdings beanstandeten sie, dass Sebastian für jeden Unsinn zu haben war. Die drei Frauen mussten sich das Lachen verkneifen. Während der Unterhaltung entging es Theresa nicht, dass Jenny ein wenig abwesend war. Später sprach sie mit ihr unter vier Augen, dabei erfuhr sie, dass Jenny großen Liebeskummer hatte. Was Theresa sehr bedauerte. Ausgerechnet Jenny, die immer lustig und fröhlich ist. Mit ihren großen Kulleraugen und ihrer Stubsnase wirkt sie selbst noch fast wie ein Kind. Vor allem dann, wenn sie ihre dunkelblonden Haare zu einem Pferdeschwanz gebunden hatte. Doch wenn Jenny abends ausging, trug sie ihr Haar offen, so dass sich ihre natürlichen Locken frei entfalten konnten. Spätestens dann fiel Theresa wieder ein, klar, Jenny ist ja inzwischen auch schon vierundzwanzig. Theresa nahm sich vor, am nächsten Tag einen Spaziergang mit Jenny zu unternehmen. Dabei konnte sie ihr alles in Ruhe erklären. Vielleicht half es ihr ja, wenn sie mit jemanden darüber sprechen konnte.

Am Abend, nachdem Jenny und Sebastian schon zu Bett gegangen waren, erklärte Sophia: „Theresa ich muss etwas Wichtiges mit dir besprechen!

„Sophia, du machst so ein erstes Gesicht, ist etwas passiert?" Vorsichtig versuchte Sophia sich dem eigentlichen Thema zu nähern. „Nein, Theresa, aber ich möchte dir etwas erklären. Ich habe dir einen Vorschlag zu machen!" Sie atmete noch einmal tief durch. Und fuhr dann fort! „Wenn du dich mit meinem Vorschlag einverstanden erklären könntest, wäre es für uns alle besser!"

Die Spannung stieg! Theresa bemerkte, dass sie einen ganz trockenen Hals bekam! Sophia fuhr etwas stockend fort!

„Vor allen Dingen für Sebastian wäre es besser! Schau mal, Sebastian kommt jetzt in das Alter, wo viele Fragen gestellt werden. Besonders in der Schule, seine Freunde und auch er will immer mehr wissen. Neulich hat er nach seinem Vater gefragt. Als ich ihm liebevoll erklärte, dass er nicht mehr lebt, gab er sich damit zufrieden. Ich habe mir Gedanken gemacht! Deshalb möchte ich dir anbieten, Sebastian zu adoptieren!"

Im Moment war alles still im Zimmer, man hätte eine Stecknadel fallen hören können. Theresa war augenblicklich nicht in der Lage zu antworten. Jeder Blutstropfen wich aus ihrem Gesicht. Sophia wurde immer nervöser und rutschte in ihrem Sessel hin und her. Theresa richtete ihren Blick zum Fenster, langsam füllten sich ihre Augen mit dicken Tränen. Stotternd und mit tränenerfüllter Stimme brachte sie nur hervor: „Aber Sebastian ist doch mein Kind!"

Sophia ahnte, was in Theresa empfand. Diese unangenehme Situation ging auch ihr selbst sehr nahe. Jetzt kämpfte auch sie mit den Tränen. „Theresa, verstehe mich bitte nicht falsch, ich will ihn dir doch nicht wegnehmen! Er soll doch dein Junge bleiben, ich würde doch nie irgendwelche Ansprüche stellen! Es wird leider immer schwieriger, ich muss so oft irgendwelche Unterschriften leisten. Die Erziehungsberechtigte bist du. Du erinnerst dich sicher als er eingeschult wurde, da musstest du extra herkommen. Mit der Adoption erhalte ich auch die Erziehungsberechtigung. Es wäre nicht mehr nötig, dass du extra herkommst, nur weil etwas unterschrieben werden muss! Ich verspreche dir, dass ich nie etwas machen würde, ohne es vorher mit dir zu besprechen. Da ich ja damals nach der Scheidung meinen Mädchennamen wieder angenommen habe, ändert sich ja nicht einmal der Name. Er heißt ja weiterhin „Sebastian von Dahlhaus!" „Tante Sophia, es ist ja nicht so, dass ich dir nicht vertraue. Was soll Sebastian von mir denken, wenn er einmal älter ist?" „Wenn er erst mal erwachsen ist, kannst du ihm alles erklären. Ich bin mir sicher, er wird es verstehen! Es hätte auch noch den Vorteil, dass ich euch besuchen kann, ohne dass dein Mann einen Verdacht schöpft. Ich bin davon überzeugt, dass sogar dein Vater sich freuen würde, wenn er Sebastian endlich einmal kennenlernt. Er hat es bisher immer vermieden mich hier zu besuchen. Entweder weil es ihm ein Greul war in ein Flugzeug zu steigen, oder aus Sorge, Jörn hier anzutreffen. Aber jedes Mal, wenn ich mit ihm telefoniere, fragt er nach ihm!" Theresa schluckte kurz. „Das wusste ich ja gar nicht!" Sophia schüttelte lächelnd ihren Kopf bevor sie antwortete: „Er ist doch kein Unmensch, sicher plagt ihn auch sein Gewissen! Ihm ist längst klar, was er dir und dem Kleinen zugemutet hat! Und alles wegen der Leute und seinem guten Ruf!" Keiner würde Anstoß daran nehmen, wenn ich ein Kind adoptiert hätte! Also, ich schlage dir vor, dass du erst mal darüber schläfst. Denk in Ruhe darüber nach und morgen sehen wir weiter. Solltest du aber absolut dagegen sein, werden wir auch eine andere Lösung finden! Einverstanden?" Sophia nahm Theresa noch liebevoll in den Arm und wünschte ihr eine gute Nacht.

Später in ihrem Zimmer stand sie noch lange am Fenster und schaute zum Himmel. Es war eine klare Nacht. Ihr Blick wanderte zu den Sternen. Hilfesuchend schaute sie von Stern zu Stern. Sie hoffte auf ein Zeichen. Theresa fragte sich, ist wohl auch ein Stern für Sebastian und für mich dabei? Gibt es da oben wohl Engel, die mir helfen? Doch solange sie auch schaute, ihre Hoffnung schwand immer mehr, eventuell eine Sternschnuppe zu sehen. Ab und zu blinkte zwar ein Stern etwas heller auf, daraus ließ sich aber kein Zeichen deuten. Theresa beschloss, zu Bett zu gehen. Obwohl sie sehr müde war, fand sie nicht in den Schlaf. Immer wieder dachte sie über Sophias Vorschlag nach. So ganz Unrecht hatte Sophia nicht. Wenn sie sich darauf einlassen würde, könnte sie Sebastian öfters sehen. Vielleicht sogar an Weihnachten! Sophia würde ihr diesen Wunsch bestimmt nicht abschlagen. Während sie sich das so vorstellte, fiel sie immer mehr in den Schlaf.

Am nächsten Morgen trafen sich alle in der Küche zum Frühstück. Sebastian schien putzmunter zu sein. Jenny sah man an, dass sie verweinte Augen hatte. Sophia erkundigte sich, ob sie schlecht geschlafen habe. „Nein, nein, es ist alles in Ordnung. Ich glaube, ich habe mich ein wenig erkältet." Theresa ahnte, was mit Jenny los war, ließ sich aber nichts anmerken. Denn sie grübelte immer noch über Sophias Vorschlag nach. Ab und zu bemerkte sie, dass Sophia ihr einen prüfenden Blick zuwarf. Es half alles nichts, dachte sie, das Beste wird sein, ich rede gleich noch einmal ganz in Ruhe mit Sophia. Sebastian war natürlich schon ganz ungeduldig. „Bitte, Jenny, gehst du nach dem Frühstück mit mir in den Garten?" Jenny tat so, als wüsste sie nicht was er wollte! „Ja, aber warum denn?" „Jenny, ich muss doch mein Flugzeug ausprobieren, hast du das denn vergessen?" Die drei Frauen konnten sich das Lachen nicht mehr verkneifen. Fragend schaute Sebastian sich um.

„Warum lacht ihr denn alle?" Theresa erklärte ihm lachend: „Weil Jenny es vergessen hat!" „Ich dachte schon, ihr lacht mich aus! Ich habe es nämlich nicht vergessen!" Alle bemühten sich, ernst zu bleiben. Was ihnen auch gelang. Nachdem die beiden im Garten waren, setzten Sophia und Theresa sich ins Wohnzimmer, um noch einmal zu reden.

Ein längeres Gespräch führte dazu, das Theresa sich mit der Adoption einverstanden erklärte. Was sie zum Nachgeben veranlasste, war der Vorteil, dass sie Sebastian öfters sehen konnte. Sophia versprach ihr: „Weihnachten kommen wir euch besuchen." Allein diese Aussichten machten es Theresa leichter ihre Entscheidung zu treffen. Mit Tränen erstickter Stimme sagte sie schließlich: „Ja, Sophia, du hast wahrscheinlich recht, es wird das Beste sein, wenn ich einwillige! Sebastian wächst hier bei dir auf. Ich bin weit weg, du trägst schließlich eine große Verantwortung. Immerhin sorgst für ihn wie eine Mutter! Bei dir ist Sebastian bestens aufgehoben. Wir beide, Sebastian und ich, sind dir sehr dankbar. Ja, Sophia, ich sehe es ein, du hast mich überzeugt, ich bin einverstanden mit deinem Vorschlag!"

Sophia stand auf und umarmte Theresa. „Du wirst diese Entscheidung nicht bereuen, Liebes, ich danke dir für dein Vertrauen!"

Auch ihre Augen füllten sich jetzt mit Tränen. Es waren Tränen des Glücks! „Schau mal, es ändert sich ja nichts, der Name bleibt der gleiche. Außerdem ist es nur eine reine Formsache. Sollte mir wider Erwarten mal etwas zustoßen, hast du das alleinige Sorgerecht! Dr. Howard und ich wir kennen uns schon seit Jahren, bisher hat er alles für mich geregelt. Wenn es dir recht ist, rufe ich ihn an und mache einen Termin." „In Ordnung, Sophia. Ruf ihn an, bringen wir es hinter uns!" „Und solltest du wirklich einverstanden sein, so habe ich noch eine Überraschung für dich!" Theresa schaute sie fragend an. „Nein, nein, es wird noch nichts verraten!"

Plötzlich kam Sebastian ins Haus gestürmt. „Ma, Tante Theresa! Kommt mal schnell! Ihr müsst unbedingt sehen was mein Flugzeug alles kann!" Beide Frauen ließen sich nur allzu gern mitziehen. Voller Stolz erklärte Sebastian alle Funktionen des Flugzeuges. „Wenn ich das meinen Freunden zeige, die werden Augen machen. Ich habe eine Idee! Am besten wäre es, wenn ich sie gleich anrufe. Bitte, darf ich?" Seinem treuen Blick, den er immer dann aufsetzte, wenn er etwas erreichen wollte, konnten Sophia wie auch Theresa nicht widerstehen. Keine von beiden konnte ihm dann einen Wunsch abschlagen. Wie erwartet tollte am Nachmittag eine richtig kleine Rasselbande im Garten herum. Theresa beobachtete die Kinder von der Terrasse aus. Obwohl sie ein schlechtes Gewissen hatte was Sebastian anging, musste sie zugeben, dass er einen glücklichen und zufriedenen Eindruck auf sie machte. Freudig versorgte Sophia alle mit Limonade und Kuchen. Plötzlich hörte sie wie Sebastian laut rief: „Ma, du bist einfach spitze!" Theresa versetzte es einen Stich ins Herz. Für Sebastian war es das normalste von der Welt. Sophia war eben seine „Ma", er wusste es ja nicht besser. Als sie sich so in ihren Gedanken verlor, gestand sie sich ein: ja, sie hatte allen Grund zufrieden zu sein. Wichtig war nur das Sebastian bei Sophia glücklich ist. Besser ist es, sich ein wenig abzulenken.

Deshalb nutzte sie die Gelegenheit, um mit Jenny einen Spaziergang zu unternehmen. Nach anfänglichem Zögern war Jenny dann auch bereit, ihr alles zu erzählen. Mit weinerlicher Stimme und immer wieder schniefend erklärte sie: „Ach, ich weiß nicht, was ich tun soll. Tommi und ich sind seit zwei Jahren zusammen. Ich liebe ihn, aber ich weiß nicht mehr, ob ich ihm noch trauen kann. Im Moment arbeitet er als Koch in einem Restaurant. Und in Kürze wollten wir unser eigenes Restaurant eröffnen". „Aber das ist doch toll, wo ist das Problem?" „Da ist diese Anja, sie ist Kellnerin dort wo Tommi arbeitet. Klar, die sieht gut aus! Aber ich bin mir nicht sicher, ob da nicht irgendwas läuft zwischen

den beiden. Neulich als ich ihn abholen wollte, habe ich von draußen ins Fenster geschaut. Da habe ich gesehen, wie sie den Arm
um seine Schulter legte und ihn auf die Wange küsste! Dann griff
er ihr in die Haare, zog sie zu sich heran und flüsterte ihr etwas ins
Ohr."

„Jenny, vielleicht war das ja ganz harmlos, die beiden kennen
sich sicher gut durch ihre Arbeit." „Von wegen, die beiden hatten
früher mal ein Verhältnis! Das ist es ja, was mich so stört. Als er
mich kennenlernte, hat er mit ihr Schluss gemacht. Ich glaube, sie
legt es immer noch darauf an, wieder mit ihm anzubandeln." „Hast
du ihn mal darauf angesprochen?" „Ja, deshalb haben wir uns ja
gestritten! Er sagt natürlich ich spinne! Meine Freundin hat ihn
auch gesehen mit dieser Anja. Sie saß in seinem Auto! Ich habe
ihm das noch nicht erzählt. Was würdest du denn davon halten?
Alles was ich gespart habe, ist für die Renovierung des Lokals
draufgegangen. Und wir sind immer noch nicht fertig. Sein Geld
reichte ja nicht aus! Trotzdem hat er sich ein neues Auto gekauft.
Ich frage mich nur wovon? In seiner Wohnung habe ich lauter un-
bezahlte Rechnungen gefunden! Scheinbar ist er schon länger in
Geldschwierigkeiten. Wie passt das denn zusammen? Warum erzählt er mir das denn nicht? Er ist er doch nicht ehrlich zu mir,
oder? Gut, das mit dem Geld könnte ich ja noch verstehen. So wie
ich ihn verstanden habe, verdient er nicht allzu viel. Und die Jobs,
die er vorher hatte, waren wohl ähnlich. Deswegen will er sich ja
selbstständig machen. Er meint, als Koch kommt man heutzutage
auf keinen grünen Zweig. Das verstehe ich ja auch, aber das mit
dieser Anja! Warum tut er mir das an?" „Rede noch einmal mit
ihm, sag ihm all das, was du mir gesagt hast! Wenn er dann nicht
mit der Wahrheit rausrückt, stimmt etwas nicht. Dann machst du
Schluss mit ihm! Und dein Geld, was du da reingesteckt hast, for-
derst du von ihm zurück!" „Ich bin ja so unglücklich Theresa, was
soll ich nur machen. Verlieren möchte ich ihn aber auch nicht. Ich
liebe ihn doch noch immer!" Obwohl Theresa so ihre Bedenken
hatte was den jungen Mann anging, versuchte sie Jenny ein wenig

zu trösten. „Nun warte erst mal ab, er wird sicherlich eine vernünftige Erklärung dafür haben. Vielleicht löst sich ja alles in Wohlgefallen auf." Theresa schaute auf ihre Uhr. „Jenny, sei mir bitte nicht böse, aber ich habe mich noch mit meiner Freundin verabredet. Ich muss los! Wir sehen uns morgen!"

Theresa setzte sich in Sophias Auto, gab die Adresse schnell ins Navi ein und fuhr los. Pam hatte nämlich eine neue Wohnung und so brauchte sie nicht lange zu suchen. Theresa staunte nicht schlecht, die neue Wohnung befand sich in einem Neubauviertel. Soweit sie beurteilen konnte waren es sehr schicke Häuser. Als sie endlich ankam, wurde sie schon von Pam erwartet. „Da bist du ja endlich!" „Entschuldige bitte, ich wurde aufgehalten." „Nun komm erst mal rein, ich habe auch eine Kleinigkeit für uns gekocht. Aber schau dich erst einmal um, ich hole uns inzwischen etwas zu trinken. Wie wäre es mit einem Rotwein?" „Oh, Vorsicht, ich muss noch fahren!" „Ach, ein Glas wirst du schon vertragen können, wir essen doch noch etwas." „O.k., einen kleinen Schluck nehme ich! Die Wohnung sieht ja super schick aus." „Nun setz dich erst einmal, dann erzähle ich dir alles." Theresa setzte sich auf die schicke, weiße Ledercouch. Davor stand ein hübscher Glastisch auf einem geschmackvollen, edlen Teppich. Pam nahm gegenüber in einem Sessel Platz. „Erst einmal, zum Wohl, es ist so schön, dass du da bist!" „Nun erzähl mal, ich platze gleich vor Neugier". Pam war nur allzu gern dazu bereit. Eilig erzählte sie all ihre Neuigkeiten. Dass sie total verliebt sei und bald heiraten wird. „Wir leben hier zusammen, ich alleine könnte mir diese Wohnung gar nicht leisten. Du musst Phillip unbedingt kennenlernen. Er ist genau das, was man sich unter einem gutaussehenden und verlässlichen Partner vorstellt. Er ist auch so vernünftig und kein Spinner, du weißt was ich meine." „Was macht er denn beruflich?" „Ja, das hat mich am meisten umgehauen! Stell dir vor er ist Pilot bei Britisch Airways." „Oh, das heißt schon was!" Er verdient ganz gut, sonst könnten wir uns so etwas nicht erlauben. Wir sind sogar schon dabei, uns nach einem hübschen Haus umzusehen. Nach unserer Hochzeit möchten wir gern dort einziehen, was hältst du davon?" „Das ist ja großartig! Ach Pam, ich freue mich ja so für dich! Endlich hast du den Richtigen gefunden! Ihr müsst uns unbedingt besuchen, ich möchte ihn so schnell wie möglich kennenlernen." „Ja, das ist eine gute Idee, das machen wir! Und wie sieht es bei dir aus? Weiß Holger inzwischen von Sebastian?" „Ich muss dich enttäuschen, er ahnt noch immer nichts. Mein Problem ist, dass ich einfach Angst habe, es ihm zu sagen. Ich möchte ihn doch nicht verlieren, ich liebe ihn über alles! Wer weiß wie er reagiert, wenn er erfährt, dass ich ihn die ganzen Jahre belogen habe. Pam, ich habe einfach nur Angst, wenn diese Sache rauskommt, ist unsere Ehe am Ende. Dass Schlimmste ist, dass ich mit dieser Lüge in die Ehe gegangen bin. Ich habe noch keine Lösung gefunden, wie ich es Holger beibringen soll. Ach übrigens, Tante Sophia machte mir den Vorschlag, Sebastian zu adoptieren!" „Du, das ist vielleicht gar keine schlechte Idee, damit wären doch deine Probleme gelöst. Das Einzige, was dich dann noch belasten könnte wäre, dass du Holger gegenüber nicht ehrlich warst, oder bist. Ich gebe zu bedenken, kannst du das auf die Dauer mit deinem Gewissen vereinbaren? Also mich würde das ganz schön belasten." „Du ahnst ja nicht wie sehr es mich belastet!" „Aber, dass Sophia Sebastian adoptieren will, finde ich einfach klasse." „Lass uns von etwas anderem reden, sonst werde ich noch trübselig." Pam verstand sofort, sie wechselte das Thema, schließlich kannte sie Theresa zu gut. Schnell trug sie die Lasagne auf, die sie vorbereitet hatte. Klugerweise rührte sie dieses heikle Thema während des Essens nicht mehr an. Sondern sprach von sich und der bevorstehenden Hochzeit. Ihr Traum war es, in der Karibik zu heiraten. Auf eine große Feier mit allem, was dazugehört, wollte sie auf jeden Fall verzichten. Später beim Abschied versprach Pam, Theresa in Kürze zu besuchen, um ihren Phillip vorzustellen.

Als Theresa abends mit Sophia noch einen Schlummertrunk nahm, erzählte sie ihr von Pam. Sophia hörte ihr interessiert zu. „Das freut mich aber für Pam, hoffentlich wird sie mit ihrem Phillip glücklich. Sie ist so eine liebenswerte Person, es war immer schön, wenn sie hier war. Ihre gute Laune versprühte sie im ganzen Haus." Lachend fügte sie hinzu: „Wenn Pam hier war, war immer etwas los! Im gleichen Augenblick kam Jenny herein, um gute Nacht zu sagen. Als sie fort war, fiel Theresa wieder ein, was Jenny ihr erzählt hatte. Sophia, was ich dich noch fragen wollte: „Kennst du den jungen Mann, mit dem Jenny zusammen ist, diesen Tommi?" „Aber ja, ein hübscher Bengel. So ein Rotschopf." Lachend fügte sie hinzu: „Er hat etwas Ähnlichkeit mit Prinz Harry. Auf Jennys Geburtstagsparty habe ich ihn kennengelernt. Was ist mit ihm?" „Kann ich noch nicht sagen. Ich kenne ihn ja nicht. Was für einen Eindruck hat er auf dich gemacht?" „Eigentlich ganz normal, an dem Abend waren so viele junge Leute hier. Worauf willst du hinaus?" „Ich meine, kann man ihm trauen?" „Das will ich doch wohl hoffen! Jenny ist ganz vernarrt in ihn. Manchmal kommt er vorbei, um Jenny zu besuchen. Sie haben mich gefragt und ich habe es ihnen erlaubt. Mit einer Bedingung, dass er nicht jeden Tag kommt und wenn nur am Nachmittag. Abends möchte ich ihn nicht mehr im Haus haben. Lachend hob sie ihren Zeigefinger. Ordnung muss sein! Bisher haben sich beide daran gehalten." Gedankenverloren legte Sophia plötzlich den Kopf zur Seite und schaute nachdenklich in Richtung Küche. „Da fällt mir etwas ein! An dem Abend, als Jenny ihre Feier gab, habe ich den Partyservice kommen lassen. Ich hatte das Geld für die Rechnung schon parat gelegt, oben auf der Vitrine in der Küche. Als der Lieferservice kam wollte ich bezahlen. Das Geld war nicht mehr da, ich habe alles abgesucht. Es waren ungefähr 300 Pfund. Ich habe mich immer damit getröstet, dass ich es hinlegen wollte und es dann vielleicht doch vergessen habe. Weißt du, ab und zu muss ich immer erst meinen Kopf sortieren! Ich bin ganz schön vergesslich geworden! Ist ja auch egal! Jedenfalls war es ein schöner Abend. Ich habe auch kein Wort mehr darüber verloren. Ich wollte Jenny nicht in Verlegenheit bringen. Nachher hätte Jenny noch geglaubt, ich würde sie verdächtigen! Nein, Jenny ist so eine ehrliche Seele! Wie oft lasse ich Geld einfach so rumliegen, wenn sie das sieht, schimpft sie immer mit mir und legt es auf meinen Sekretär. Und glaube mir, da fehlt nicht ein Penny! Um auf den jungen Mann zurückzukommen, wie heißt er noch? Tommi, glaubst du der ist nicht ganz koscher?" „Also, Jenny hat mir von ihm so einiges erzählt. Ich bin mir da nicht ganz sicher, weißt du. Um ihn richtig einschätzen zu können, müsste ich ihn kennenlernen. Jenny erzählte mir, dass er ein eigenes Restaurant eröffnen möchte. Finanziell steht er aber gar nicht so gut." „Und wie will er das dann schaffen?" „Er hat einen Kredit aufgenommen. Im guten Glauben, dass es für ihre gemeinsame Zukunft ist, hat Jenny ihm all ihre Ersparnisse für die Renovierung gegeben. Mittlerweile sind ihr doch Zweifel gekommen. Er flirtet scheinbar immer noch mit seiner Verflossenen." Nachdenklich schaute Theresa zu Boden. „Ich hoffe nur für Jenny, dass sie sich in ihm nicht getäuscht hat! Bitte sei so nett, wenn ich weg bin, achte ein wenig auf sie!" „Selbstverständlich mache ich das!" „Nun ist es doch spät geworden, wir sollten schlafen gehen!"

Am darauffolgenden Tag fuhren sie zum Notar.

Der Weg zum Notar war für Theresa besonders schwer. Unterwegs kamen ihr immer wieder leise Zweifel. Tat sie wirklich das Richtige? Würde Sebastian sie später einmal dafür verurteilen? Immer wieder versuchte sie sich mit dem Gedanken zu trösten, wenn er erwachsen ist, wird er es verstehen. Der Notar Dr. James Howard, ein Herr mittleren Alters, machte auf Theresa einen netten Eindruck. Mit seinen grauen Haaren und der randlosen Brille, die er ziemlich vorne auf seiner Nase trug, wirkte er sehr belesen. Seine Stimme war eher väterlich und fürsorglich. Mit kurzen, ruhigen Worten erklärte er Theresa, dass er von Sophia in allem unterrichtet worden ist. Alles was er vorlas hatte seine Richtigkeit.

Dann leistete Theresa ihre Unterschrift auf den Dokumenten. Ohne es zu wollen kullerten wieder ein paar Tränen, was sie aber durch ein kurzes Schnäuzen in ihr Taschentuch schnell in den Griff bekam. Nachdem alle Unterschriften geleistet waren, bat der Notar die beiden Damen, in der gemütlichen Sitzecke noch einen Moment Platz zu nehmen. Höflich bot er ihnen einen kleinen Sherry an. Dankend nippten beide Damen an ihrem Glas. „Frau Ahrens, es ist ihnen sicher nicht leichtgefallen, zu mir zu kommen. Solch eine Entscheidung zu treffen ist sehr schwer. Das kann ich verstehen. Aber glauben Sie mir, soweit ich die Situation beurteilen kann, haben Sie genau das Richtige getan. Ihre Tante, Frau von Dahlhaus, hat mich gebeten, Ihnen noch ein paar private Dinge zu erklären. Es ist Ihnen ja sicherlich bekannt, dass Ihre Tante keine eigenen Kinder hat. Somit hat sie mich vor kurzem damit beauftragt, ihr Testament zu ändern. Und Ihren Sohn Sebastian als alleinigen Erben einzusetzen." Theresa schluckte, sah kurz zu Sophia und schüttelte ihren Kopf. Theresa wusste gar nicht was sie sagen sollte. „Aber Sophia, das ist ja lieb von dir, doch das musst du nicht tun! Sebastian wird sein Auskommen haben. Dafür werde ich sorgen. Außerdem hast du noch einen Bruder.

„Mein liebes Kind, mein Bruder ist auf mein Vermögen nicht angewiesen. Er wird glücklich über meine Entscheidung sein. Immerhin ist Sebastian sein Enkel, an dem er etwas gutzumachen hat! Und Jörn bekommt eine kleine Summe, mit der er zurechtkommen muss." Mit bewegter Stimme fügte sie hinzu: „Sebastian ist jetzt dein und mein Kind und ich möchte für seine Zukunft sorgen!" Liebevoll und leise flüsterte der Notar: „So eine Tante hätte ich mir auch gewünscht." Aufgewühlt von ihren Gefühlen stand Theresa auf und nahm Sophia in den Arm. Dabei küsste sie sie herzlich auf beide Wangen.

„Sophia, ich weiß gar nicht, wie ich dir danken soll!" „Du hast mir schon genug gedankt, ohne Sebastian war mein Leben langweilig! Sebastian hat die Sonne in mein Leben zurückgebracht!

Mein Leben hat wieder einen Sinn bekommen!" Beim Abschied flüsterte der Notar Theresa noch ins Ohr: „Ich glaube, Sie haben Ihre Tante sehr glücklich gemacht!"

Die nächsten Tage waren total ausgefüllt. Sebastian durfte natürlich das Programm bestimmen. Zwei Kinobesuche. Selbstverständlich wurden Jenny, Tante Theresa und Sophia mit eingeplant. Um ihre Lieben daheim glücklich zu machen, legte Theresa auch noch einen Einkaufstag ein. Für Anna-Maria erstand sie eine Puppe und ein hübsches Kleidchen. „Darin wird sie entzückend aussehen! Sophia, sieh mal!" Sebastian sah sie fragend an: „Ich dachte, deine Anna-Maria ist noch ein Baby! Du hast uns doch erzählt, dass du ein Baby hast." „Aber ja, Sebastian, die Babys bleiben doch nicht so klein, die wachsen doch auch. Und jetzt ist meine Anna-Maria schon so gewachsen, dass ihr das sicherlich passt." Er drehte sich um zu Sophia, „Ma, war ich auch mal ein Baby?" Sophia lächelte, jedoch konnte sie nicht verhindern, dass sich ihre Augen mit Tränen füllten. „Klar, du kleiner Räuber, du bist nur ganz schnell gewachsen." Sebastian tröstete sie sofort: „Aber Ma, deshalb brauchst du doch nicht traurig sein!" Theresa erklärte ihm dann, dass man auch Tränen in den Augen bekommen kann, wenn man glücklich ist. „Ziemlich altklug antwortete er: „Ihr Mädchen seid aber komisch! Wenn ich glücklich bin, dann freue ich mich und lache nur!" Leicht schmunzelnd trafen sich die Blicke der Damen.

„Tante Theresa, bringst du beim nächsten Mal deine Anna-Maria mit? Ich würde dann auch mit ihr spielen, obwohl ich eigentlich nicht mit so kleinen Mädchen spiele. Ma hat mir nämlich erklärt, dass man zu so kleinen Mädchen nett sein muss." Theresa und auch Jenny sowie Sophia lachten nun herzhaft. Erstaunt sah Sebastian in die Runde: „Ich weiß schon, warum ihr so lacht, weil ihr ja auch Mädchen seid!" Immer noch lachend, aber sehr liebevoll fragte Theresa: „Was hältst du denn davon, wenn du an Weihnachten mit Ma zu uns kommst?" „Booh, das wäre ja super, dann sehe ich endlich mal wo du wohnst! Und deine kleine Anna-Maria kann ich auch gleich kennenlernen. Ma, was sagst du dazu?" „Großartig! Das machen wir bestimmt!"

„Tante Theresa, sprechen die bei euch zuhause auch Englisch?" „Ja, ein wenig. Aber nicht so gern!" „Das macht nichts, gut dass wir zuhause meistens Deutsch sprechen, sonst könnte ich die Leute bei euch ja gar nicht verstehen. Ich freue mich schon riesig darauf! Freudig nahm Theresa Sebastian in den Arm und küsste ihn auf die Wange. Später erstand sie bei Harolds noch einen schicken Pullover für Holger. Für ihren Vater und ihren Schwiegervater kaufte sie eine Kiste guter Zigarren. Und bei den Damen wusste sie genau, mit einem kleinen Duft konnte sie ihnen eine Freude machen. So etwas kam immer gut an. Nach dem anstrengenden Stadtbummel lud Theresa alle zum Essen ein. Schließlich war es ihr letzter Abend.

Der Abschied am nächsten Morgen fiel ihr nicht ganz so schwer wie sonst, wusste sie doch, dass sie sich zu Weihnachten alle wiedersehen. Wie immer brachten Sophia und Sebastian sie zum Flughafen. Während sie Sebastian zum Abschied noch einmal ganz innig in die Arme nahm, holte er ein bemaltes Blatt aus seiner Hosentasche. Theresa schaute ihn fragend an. „Das habe ich für deine Anna-Maria gemalt! Sag ihr, so sieht das Flugzeug aus, mit dem ich euch besuchen komme." Theresa bedankte sich und drückte ihn noch einmal ganz herzlich. „Tante Theresa, sind das schon wieder Freudentränen in deinen Augen?" Lachend und genauso herzlich verabschiedete sie sich von Sophia.

Auf dem Rückflug gingen Theresa viele Gedanken durch den Kopf. Es war richtig, dass sie der Adoption zugestimmt hatte. Sie bereute es nicht. Jetzt konnte Sophia sie mit ihrem Sohn besuchen. Und niemand würde Verdacht schöpften.

Theresa grübelte darüber nach, je länger man eine Lüge mit sich herumträgt, umso schwerer wird es irgendwann, die Wahrheit zu sagen! Es ist wie eine schwere Last, die man mit sich herumträgt. Heute wusste sie, es war der größte Fehler ihres Lebens. Und sie fragte sich, wo führt mich diese Versteckspielerei noch hin? Für einen Moment schloss sie die Augen, sie sah Holgers Gesicht vor sich, immer deutlicher sah sie ihn. Kopfschüttelnd und so verzweifelt schaute er sie an. Ja, so würde er sicherlich reagieren, wenn er dahinterkam, dass sie ihn so belogen hatte. In Gedanken sprach sie zu ihm. „Ach, Holger, könnte ich dir doch nur die Wahrheit sagen!" Ihre innere Stimme sagte ihr: „Du darfst jetzt nicht weiter darüber nachdenken, sonst wird dir speiübel! Du musst dich zusammenreißen und deine Rolle weiterspielen." Jeden Augenblick würden sie landen und Holger hatte versprochen, sie abzuholen. Sicher war es schön bei Sebastian und Sophia. Trotzdem hatte sie ihren Holger ganz schön vermisst. Sie konnte es kaum abwarten, ihn in ihre Arme zu schließen.

Holger kam gerade noch rechtzeitig an, als die Maschine landete. Während Theresa am Laufband stand und auf ihren Koffer wartete, besorgte er noch schnell eine rote Rose. Dann war es endlich soweit, ungeduldig und freudestrahlend schloss er seine Frau in die Arme. „Liebling, ich bin ja so froh, dass du wieder da bist! Ich habe dich so vermisst. Die Woche ohne dich wollte gar nicht enden. Das eine sag ich dir, beim nächsten Mal fliege ich mit!" Theresa strahlte ihn glücklich an. „Glaub mir, mein Schatz, mir ging es ebenso!" Bevor er noch etwas sagen konnte, küsste sie ihn voller Leidenschaft. In dem Augenblick war es ihr egal was die anderen Leute dachten. Endlich hatte sie ihn wieder! Theresa gestand sich ein, sie hatte ihren Holger sehr vermisst. Unterwegs im Auto erzählte Holger freudig: „Alle erwarten dich schon mit Ungeduld. Sogar Mutter hat sich richtig ins Zeug gelegt. Du wirst es kaum glauben, sie hat extra für uns gekocht! Und das bei ihren Kochkünsten, das will schon was heißen!"

Belustigt erzählte er: „Anna-Maria hilft ihr sogar. Kurz bevor ich losfuhr, sah ich die beiden in der Küche. Anna war emsig dabei, Petersilie zu waschen. Als sie mich sah, rief sie: „Papa, störe uns nicht! Wir kochen was ganz Leckeres für Mami! Weil sie mir immer was Schönes mitbringt" „Ach, und in deiner Abwesenheit hat sie einen Milchzahn verloren. Ganz stolz erklärte sie, dass er ganz wackelig war. Mit ihrer niedlichen Zahnlücke sieht sie ja drollig aus. Mutter hat ihr ein Kästchen gegeben, darin bewahrt sie ihn auf. Jeder, der zu Besuch kommt, muss ihn natürlich sehen." „Das glaube ich dir gern, ich kenn ja unsere kleine Maus. War sie denn auch artig? Oder gibt es irgendwelche Beschwerden?" „Ganz im Gegenteil, meine Eltern möchten sie am liebsten bei sich behalten. Mutter hat endlich was zu tun. Anna-Maria macht ihnen so viel Freude. Vater sagt immer: „Die Kleine bringt wenigstens Leben ins Haus!" „Anna-Maria hält die beiden ganz schön auf Trab. Ich habe den Eindruck, durch unsere Tochter werden die zwei noch mal richtig jung. Du solltest mal sehen, wie Vater mit ihr im Garten herumtollt." Lachend fügte er hinzu: „Dabei vergisst er sogar seine Kreuzschmerzen und Mutter erwähnt auch immer weniger ihre Wehwehchen. Neulich als ich bei ihnen war krochen sie auf allen Vieren durchs Wohnzimmer! Es war ein Bild für die Götter!" Sie amüsierten sich beide so sehr darüber, dass sie sich zusammenreißen mussten, als sie vorfuhren. Als sie vor dem Haus seiner Eltern ankamen, stürmte Anna-Maria ihnen schon entgegen. „Mami, Mami, da bist du ja!" „Hallo, mein Schatz!" Theresa fing die Kleine in ihren Armen auf, hob sie hoch, küsste sie und drehte sich mit ihr im Kreis, bevor sie sie wieder herunterließ. „Wir haben schon so auf dich gewartet! Omi und ich haben extra für dich was Leckeres gekocht." „Das ist ja toll, ich habe aber auch einen Bärenhunger!" Mittlerweile standen die Schwiegereltern auch schon lachend in der Haustür, um Theresa zu begrüßen. „Hol du schon mal mit dem Papa die große Tasche aus dem Auto!" Komisch, dachte sie, bildete sich das nur ein oder schaute Stefan sie etwas prüfender an? Schnell schob sie den Gedanken wieder beiseite und erklärte fröhlich: „Ich begrüße inzwischen den Opa und die Oma." Während der herzlichen Umarmung berichtete Clara freudig, dass Anna-Maria nicht mehr zu bremsen war, als sie den Wagen sah. „Ja, das kann ich mir vorstellen. Hoffentlich hat sie euch nicht zu viel Arbeit gemacht?" „Nein, ganz bestimmt nicht, im Gegenteil." Stefan versicherte: „Sie ist doch unser Sonnenschein!" Als sie ins Haus gingen, hakte Clara sich bei Theresa ein und flüsterte ihr zu: „Stell dir vor, sie wickelt ihren Opa um den kleinen Finger. Was mir nicht gelingt, schafft sie mühelos! Stefan legt sogar morgens beim Frühstück seine geheiligte Zeitung beiseite. Nur um sich mit der Kleinen zu beschäftigen." Verschmitzt lächelnd sahen sich beide Frauen an, als Holger mit Anna-Maria das Haus betrat. „Na, ihr zwei, was habt ihr denn schon wieder ausgeheckt?" Unschuldig und mit großen Augen schauten sie ihn an, bevor sie ihm versicherten: „Gar nichts!"

Theresa folgte Clara in die Küche mit den Worten: „Was riecht den hier so lecker?" „Es gibt Schollenfilets mit Kapernsoße!" Anna-Maria konnte ihre Neugierde, was denn wohl in der Tasche wäre, kaum noch verbergen. Opa hatte wie immer Verständnis für die Kleine. Er nahm klein Anna wie er sie nannte, an die Hand und stellte sich mit ihr demonstrativ vor die Tasche. Dann rief er laut: „Mama, was hast du uns denn mitgebracht?" Im gleichen Augenblick liefen alle zusammen, er hatte natürlich die Lacher auf seiner Seite. Theresa öffnete schnell die Tasche, gab natürlich zuerst Anna ihre Päckchen, damit sie was zum Auspacken hatte. Als sie dem Opa auch ein Päckchen überreichte, gingen seine buschigen Augenbrauen hoch. „Aber Theresa, das wäre doch nicht nötig gewesen, ich habe doch nur einen Scherz gemacht!" Doch er staunte nicht schlecht, als er das Päckchen öffnete. „Woher wusstest du, dass das meine Lieblingszigarren sind? Liebes, die gibt es nämlich nicht überall, weißt du? Damit hast du mir aber eine ganz besondere Freude gemacht! Ich danke dir!" Auch Clara war von ihrem Parfüm sehr begeistert. „Theresa, das ist aber etwas Außergewöhnliches, das ist doch viel zu teuer." Sie bedankte sich und küsste

Theresa auf die Wange. „Du musst doch nicht so viel Geld für mich ausgeben!" Holger hatte inzwischen schon seinen Pullover angezogen, den sie ihm mitgebracht hatte. Stolz führte er ihn vor, alle waren sich einig, er stand ihm wirklich ausgezeichnet. Leise flüsterte er ihr ins Ohr: „Ich bedanke mich später!" Annas Begeisterung was ihr Kleidchen und ihre Puppe anging kannte keine Grenzen. Sie drückte ihre Mami kräftig und küsste sie immer wieder. Am liebsten hätte sie das Kleidchen sofort angezogen, Theresa konnte sie gerade noch bremsen. Das machen wir später mein Schatz, jetzt müssen wir erst einmal essen. Im gleichen Augenblick rief Clara: „So, jetzt wird aber gegessen, sonst wird alles kalt!" Während des Essens fragte Anna-Maria ganz stolz: „Mami, wie schmeckt dir das Essen?" „Ausgezeichnet, mein Schatz!" „Die Oma hat das Rezept aus einem Kochbuch, da steht genau drin, wie man das machen muss. Da stand auch drin, dass ich die Petersilie schneiden muss, hat Oma gesagt! Darum schmeckt es auch so gut. Aber das war ganz schön schwierig, so was zu kochen hat Oma gesagt." Clara wurde etwas verlegen, doch dann stimmte sie in das allgemeine Gelächter ein. Belustigt erwiderte Clara, als sie ihr Weinglas erhob, „Ja, ja, Kindermund tut Wahrheit kund." Claras leichte Verlegenheit entging Theresa natürlich nicht. Somit sah sie sich gezwungen einzugreifen. „Also, eines muss ich aber mal ehrlich sagen, so ein leckeres Schollenfilet habe ich lange nicht gegessen! Es schmeckt wirklich ausgezeichnet. Clara, du musst mir unbedingt das Rezept verraten, damit ich es genauso gut hinbekomme." Claras Gesichtszüge veränderten sich abrupt, zu einem stolzen Lächeln. „Aber gerne, Theresa." Stefan räusperte sich ein wenig und erklärte: „Ich hab doch immer gesagt, dass deine Kochkünste besser sind als du glaubst." Wobei Holger ihm zustimmte. Clara wechselte schnell das Thema. „Theresa erzähl doch erst einmal, wie war es in London?" Theresa wusste genau, jetzt war der Augenblick gekommen, in dem sie eine Geschichte erfinden musste. „Was macht deine Tante Sophia? Geht es ihr gut?" „Ja es geht ihr gut." „Aber stellt euch vor, um der Einsamkeit zu entkommen, hat sie sich einen Herzenswunsch erfüllt. Sie hat ein Kind adoptiert! Einen kleinen Jungen! Ein süßer kleiner Kerl! Ich glaube, er ist so etwa sieben Jahre alt." Etwas erstaunt meinte Holger: „Hat denn dieses Kind keine Eltern mehr? Und woher kommt es?" „Soviel ich weiß aus ihrem Bekanntenkreis. Die Mutter war wohl viel zu jung und musste sich von dem Kind trennen. Die genaueren Gründe kenne ich nicht." „Ich kann die Mutter nicht verstehen! Man gibt doch nicht sein Kind so mir nichts dir nichts ab. So etwas ist doch unverantwortlich!" Im ersten Augenblick stockte Theresa der Atem. Ihr Herz klopfte auf einmal viel schneller als normal. Ihr war klar, sie musste jetzt versuchen ganz ruhig zu bleiben. „Ach Holger, wir kennen die Umstände doch gar nicht, warum sie es abgegeben hat. Es kann ja sein, dass sie Ärger mit ihren Eltern hatte." Zum Glück mischte sich Clara in das Gespräch. „Ja, ja, sowas kennt man ja. Erst wird so ein junges Ding geschwängert und dann auch noch sitzengelassen! Ihr Mannsbilder habt ja gar keine Ahnung! Vielleicht durfte sie das Kind gar nicht behalten?" Holger sah vor sich hin und schüttelte verständnislos seinen Kopf. Theresa nutzte die Gelegenheit und atmete noch einmal tief durch, bevor sie antwortete: „Keine Mutter gibt ihr Kind freiwillig ab, davon bin ich überzeugt!" Jetzt mischte sich Stefan aber ein. „Ich weiß gar nicht, was ihr habt, so ist doch für den kleinen Kerl bestens gesorgt! Deine Tante Sophia hat genau das Richtige getan." Erleichtert fuhr Theresa fort: „Ihr solltet Sophia mal sehen, sie blüht richtig auf. Jetzt hat sie endlich eine Aufgabe. Außerdem ist nicht mehr so alleine. So hat sie sich den Traum von einer kleinen Familie erfüllt. Sogar ein Kindermädchen hat sie eingestellt. Die drei kommen prima miteinander aus. Wenn es euch recht ist, lade ich sie zu Weihnachten ein, dann könnt ihr den kleinen Kerl ja mal kennenlernen." „Aber gerne!", rief Clara. Stefan und Holger stimmten aufmunternd zu. Plötzlich fragte Theresa: „Wo ist denn unsere Anna?" Keiner von ihnen hatte bemerkt, dass Anna-Maria sich ins Wohnzimmer geschlichen hatte. Clara und Theresa fanden sie schlafend auf der Couch. Beide schmunzelten. Leise flüsterte Theresa: „Scheinbar spielte sie mit ihrer neuen Puppe und ist darüber eingeschlafen." Die beiden waren sich schnell einig, sie jetzt zu wecken und ins Auto zu schaffen brachten sie nicht fertig. Stefan machte den Vorschlag: „Lasst die kleine Maus hier, ich bringe sie morgen früh zu euch." Holger und Theresa stimmten ihm etwas traurig zu. Etwas enttäuscht machten sie sich auf den Heimweg.

Zu Hause angekommen erklärte Holger: „Nun sei nicht so traurig, ich bin ja schließlich auch noch da. So habe ich dich doch auch mal ganz für mich alleine. Was hältst du davon, wenn wir es uns so richtig gemütlich machen? Du weißt hoffentlich, wie sehr ich dich vermisst habe?" Leicht schmunzelnd ging Theresa auf ihn zu und küsste ihn voller Leidenschaft. Dann zündete sie ein paar Kerzen an, Holger öffnete eine Flasche Wein und sie verbrachten einen sehr romantischen Abend.

Pünktlich zum Frühstück erschien Stefan mit Anna-Maria. „Mama, Mama, da seid ihr ja, habt ihr mich gestern vergessen?" Theresa und Holger lächelten vor sich hin. „Aber nein, mein Schatz, du hast so schön geschlafen, da wollten wir dich nicht mehr wecken. Und Opa hatte versprochen, dich sobald du wach bist zu bringen." „Aber als ich wach wurde hat der Opa noch geschlafen, ich musste ihn erst wecken. Der war noch ganz müde!" Lachend gab Stefan zu: „Das war ich auch! Ich habe gehofft, bei euch noch ein zweites Frühstück zu bekommen. Klein Anna ließ mir heute Morgen ja keine Ruhe, ich konnte gerade noch eine Tasse Kaffee im Stehen trinken". Anna strahlte ganz verschmitzt in die Runde. Während des Frühstücks stöhnte Stefan darüber, wie viel Arbeit im Büro angefallen ist. „Die Frau Petersen schafft das nicht, die ist einfach überfordert". Theresa verstand den Wink sofort. „Mach dir keine Sorgen Vater, wenn ich Anna-Maria in den Kindergarten gebracht habe, schau ich schnell mal rein. Dann erledige ich das Gröbste. Und ab morgen kannst du wieder voll mit mir rechnen!"

„Ach, Theresa, wenn ich dich nicht hätte, du verstehst mich wenigstens". „Nun lass mal gut sein, wir sind doch eine Familie, ihr seid doch auch immer für mich da." Wie versprochen fuhr Theresa Anna-Maria in den Kindergarten und anschließend in die Firma. Ja, dachte sie, Stefan hat nicht übertrieben, es hatte sich in ihrer Abwesenheit viel angesammelt. Theresa war so in ihrer Arbeit vertieft, dass sie gar nicht bemerkte wie schnell die Zeit verging. „Oh je, der Kindergarten! Hilfe, ich muss die Kleine abholen!", rief sie. Stefan kam sofort aus seinem Büro gestürzt. Sofort erklärte er sich bereit, Anna-Maria vom Kindergarten abzuholen. Theresa war heilfroh, dass er das übernahm. Holger konnte sie nicht fragen, der war ja auf der Baustelle und ihre Schwiegermutter saß beim Frisör. „Aber sie wird Hunger haben!", rief sie ihm hinterher. „Das regele ich schon, wir holen uns ausnahmsweise einen Hamburger, den isst sie nämlich am liebsten!" Theresa konnte sich ein Schmunzeln nicht verkneifen. „So, so, nun weiß ich ja Bescheid!" Lachend rief sie ihm hinterher, „Bring mir bitte auch einen mit, ich habe ebenfalls Hunger!" „Aber gerne, Liebes! Ich bin ja so froh, dass du wieder da bist!" Theresa schmunzelte weiter vor sich hin, so kannte sie ihren Schwiegervater.

Obwohl es ihr am Abend nicht mehr so leichtfiel, nahm sie sich doch sehr viel Zeit für Anna-Maria. Erst bastelten beide zusammen ein Puzzle, danach wurde gemalt. Nach dem Abendessen las Theresa ihr noch eine Geschichte vor bis sie einschlief. Holger kam wie so oft sehr spät nach Hause. Theresa bemerkte ihn erst gar nicht, denn sie war ohne es zu wollen auch auf der Couch eingeschlafen. In den nächsten Wochen vergingen die Tage ähnlich. Außer sie traf sich mit Helen, diese Abwechslung genoss sie jedes Mal. Oft trafen sie sich auch mit ihren alten Freunden, dabei geriet Holger meistens richtig in Fahrt. Die Wochenenden gehörten fast ausschließlich ihrer kleinen Familie. Ab und zu nahm Theresa sich einen Tag frei, ihr Schwiegervater bestand sogar darauf. An solchen Tagen fuhr sie meistens mit ihrer kleinen Tochter zu ihren Eltern. Für Axel und Katharina war es immer ein besonderer Tag.

Wann hatten sie schon mal ihre Enkelin bei sich? Ihrer Meinung nach sahen sie die Kleine viel zu wenig.

Dann kam das Weihnachtfest. Wie verabredet kamen Sophia, Sebastian und Jenny zu Besuch. Theresa ließ es sich natürlich nicht nehmen, alle drei persönlich vom Flughafen abzuholen. So konnte sie den ersten Tag mit Sebastian richtig genießen. Endlich war es soweit. Zuallererst lief Theresa auf Sebastian zu und hob ihn vor Freude hoch. Immer wieder drückte sie ihn an sich, bevor sie Sophia und Jenny umarmte. Sophia und Theresa verstanden sich auch ohne Worte. Endlich saßen alle im Auto und fuhren in Richtung Bredenbeck.

Theresa war schon richtig gespannt darauf, wie ihr Vater wohl auf seinen Enkel reagiert, wenn er ihn das erste Mal sieht. Er nahm Sebastian besonders herzlich in den Arm. Tränen der Rührung liefen ihm die Wange herunter. Theresa fragte sich insgeheim, „Ist es sein schlechtes Gewissen?" Schnell schüttelte sie den Gedanken wieder ab. Katharina griff schnell ein, auch sie nahm ihren Enkel liebevoll in ihre Arme. „Du bist ja ein richtig großer Junge!" Sebastian lachte: „Not a Baby!" „Sag bloß, er hat mich verstanden?" Stolz mischte sich Sophia ein: „Ja sicher, Sebastian wächst zweisprachig auf." Alle Achtung, dachte Axel. Nach der allgemeinen Begrüßung gab es dann erst einmal Kaffee und Kuchen. Jenny hatte anfänglich Schwierigkeiten sich zu verständigen. Sebastian war richtig stolz, er verstand vieles recht gut. Anna-Maria schien ganz beeindruckt von Sebastian zu sein. Theresa beobachtete, dass ihre Eltern Sebastian fast jeden Wunsch von den Augen ablasen. Im Stillen dachte sie, hoffentlich wird Anna-Maria nicht eifersüchtig. Als Sebastian nach den Tieren fragte, machte Axel sich sofort auf den Weg, um ihm den Stall zu zeigen. Im gleichen Augenblick rief Anna-Maria: „Opa, ich will auch mit!" Freudig nahm er auch sie an die Hand mit den Worten: „Klar, darfst du auch mit, mein

Schatz!" Theresa, Sophia und Jenny hatten sich inzwischen viel zu erzählen.

Den ersten Weihnachtstag feierte man auf Gut Dahlhaus. Als Theresas Schwiegereltern vorfuhren, staunten sie nicht schlecht. Clara hatte es sich nicht nehmen lassen, für alle Weihnachtsgeschenke einzukaufen. Der Wagen war voll mit Geschenken beladen, so dass alle mit anpacken mussten. Mit heimlicher Erleichterung stellten Theresa und Sophia fest, dass Sebastian von ihren Schwiegereltern als volles Familienmitglied anerkannt wurde. So viele Weihnachtsgeschenke hatte Sebastian noch nie bekommen. Axel und auch Katharina bemühten sich so sehr um den Jungen, dass Theresa Sorge hatte, Holger könnte stutzig werden. Doch dann sah sie plötzlich, wie Holger Sebastian einfühlsam erklärte, wie das ferngesteuerte Auto funktioniert. Sophia, die natürlich alles im Blick hatte, nickte zufrieden vor sich hin. Dieses Bild, Sebastian und Holger, es war so schön. Sofort füllten sich ihre Augen mit Tränen. Es waren Tränen der Rührung. Wie würde sich Holger wohl verhalten, wenn er wüsste, dass Sebastian ihr Sohn ist? Eilig verwarf sie diesen Gedanken und half ihrer Mutter in der Küche, um sich etwas abzulenken. Obwohl Katharina eine Hilfe in der Küche hatte, gab es doch viel zu tun. Katharina bemerkte aus den Augenwinkeln sofort, dass irgendetwas mit ihrer Tochter nicht stimmte. Leise flüsterte sie ihr zu: „Reiß dich zusammen, mein Kind! Es ist doch alles in Ordnung!"

Sophia beschäftigte sich inzwischen mit Anna-Maria und ihrem Kaufladen. Katharina hatte später ihre Not, alle zu bewegen, sich endlich zum Essen an den Tisch zu setzen. Auf Gut Dahlhaus gab es traditionell Gänsebraten. Stefan und Axel waren sich wieder einig. Etwas Besseres gab es gar nicht. Wobei Stefan schon das Wasser im Munde zusammen lief. Anerkennend brachte er zum Ausdruck: „Eines muss man deiner Frau ja lassen, kochen kann sie!" Selbst Clara bewunderte neidlos Katharinas Kochkunst. Während des Essens flüsterte Holger Theresa zu: „Der Kleine ist ein kluges

Kerlchen, es hat mir richtig Spaß gemacht, mit ihm zu spielen. Er hat eine gute Auffassungsgabe", bemerkte er lobend. „Da kann man leicht selber wieder zum Kind werden." Vorsichtig fragte Theresa: „Ist es denn viel anders als mit unserer Tochter zu spielen?" Lachend und leicht überheblich fügte er hinzu: „Schatz, das ist etwas ganz anderes, Jungs sind eben Jungs! Und Mädchen sind Mädchen!"

Liebevoll flüsterte er ihr noch ins Ohr: „Anna-Maria würde sich sicherlich freuen, wenn sie noch einen kleinen Bruder bekäme!" Theresa lief rot an und wusste vor lauter Verlegenheit nicht wo sie hinschauen sollte. Zufälligerweise kam Clara ihr zu Hilfe. Sie bat um Gehör. „Da Katharina heute alles so schön zubereitet hat, möchte ich euch alle morgen zu uns einladen!" Lachend erklärte sie: „Ich kann zwar nicht gut kochen, aber ihr geht auch kein Risiko ein. Ich habe ja meine Trude, die dann für unser leibliches Wohl sorgen wird. Seid ihr damit einverstanden?" Nach einem schallenden Gelächter wurde die Einladung dankend angenommen. Lange saßen sie noch alle gemütlich beisammen. Und auch der nächste Tag bei den Schwiegereltern verlief sehr harmonisch. Für Sebastian und Anna-Maria wurde es erst richtig interessant, als die Geschäfte wieder aufmachten. Holger hatte versprochen, mit ihnen in die Stadt zu fahren, um Feuerwerkskörper zu kaufen. Wobei er darauf achtete, dass die Kinder nichts Gefährliches für sich aussuchten. Die danach folgenden Tage waren ausgefüllt mit Schlittschuhlaufen und einem Besuch im Miniaturwunderland in der Hamburger Speicherstadt. Silvester feierten dann alle zusammen bei Holger und Theresa.

Theresa erinnerte sich noch gut an den Abschied, es lief so manche Träne. Selbst ihre Eltern konnten ihre Tränen nicht zurückhalten. Immer wieder umarmten sie Sebastian, bis Sophia sie scherzhaft darauf hinwies: „Und was ist mit mir? Ich bin doch auch noch da!" Stürmisch und lachend umarmten dann alle Sophia. Auch

Axel drückte seine Schwester rührend ans Herz. Leise flüsterte er: „Pass auf dich auf!"

Dieses Mal brachten Holger und Theresa sie gemeinsam zum Flughafen. Theresas Herz krampfte sich leicht zusammen, denn sie konnte sich ja nicht so unbefangen von Sebastian verabschieden wie sonst. Sophia registrierte es sofort. Ganz geschickt lenkte sie Holger ab, er musste ihr nämlich behilflich sein beim Einchecken. Theresa atmete leicht auf, sie nahm die Gelegenheit wahr, um sich in aller Ruhe von Sebastian und Jenny zu verabschieden.

Fünftes Kapitel

Theresa blieb einen Augenblick auf ihrem Weg stehen und sah so übers weite Feld. Etwas melancholisch kam sie zu dem Entschluss: Trotz all ihrer Befürchtungen, waren es damals die schönsten Weihnachtstage, die sie je erlebt hatte.

Im darauffolgenden Frühjahr begannen dann die Bauarbeiten auf den Grundstücken, die Stefan Ahrens von ihrem Vater erworben hatte. Stefan Ahrens lebte richtig auf, die Entwürfe der Häuser waren schon alle erstellt. Selbst Theresa wurde eingespannt, sie hatte sich um die ganze Koordination zu kümmern. Selbstverständlich wurden auch noch neue Mitarbeiter eingestellt. Es war gar nicht so einfach, gute Maurer und Zimmerleute zu bekommen. Holger sah sich jeden Mann genau an, er führte die Einstellungsgespräche. Stefan pendelte immer zwischen Büro und Baustelle. Doch es blieb ihm immer noch so viel Zeit, dass er ab und an mal bei Axel reinschaute. Wusste er doch, bei Axel gab es immer einen guten Schnaps. Für Axel selbst war es auch immer eine gute Gelegenheit einen mitzutrinken. So konnte Katharina wenigstens nicht mit ihm schimpfen. Voller Euphorie berichtete Stefan dann von seiner Baustelle. In Axel fand er einen guten Zuhörer. Mit Clara konnte er ja nicht über seine Baustellenprobleme reden. Die Frauen haben ja gar keine Ahnung davon. Sein Freund Axel verstand ihn wenigstens. Das betonte er immer wieder. „Außer deine Theresa. Das muss ich ehrlich zugeben. Glaub mir, die hat alles im Griff!" Axel nahm es jedes Mal mit Wohlwollen zur Kenntnis. Immer dann, wenn es eine passende Gelegenheit gab, erzählte er seiner Tochter davon.

Gerade als Theresa von der Arbeit nach Hause kam, klingelte das Telefon. Es war Pam, freudig erzählte sie ihr, dass Philipp ihr einen Heiratsantrag gemacht hatte. „Was hältst du davon, wenn wir euch am Wochenende besuchen? „Phillip hat am Wochenende frei. Wäre euch das überhaupt recht?" „Na klar, das ist ja super, sicher ist uns das recht, wir freuen uns doch! Wir machen uns ein schönes Wochenende. Abends gehen wir schön essen. Wenn ihr Lust habt, können wir ja auch meine Eltern besuchen. Was hältst du davon?" „Prima, Phillip wird beeindruckt sein. Er sagt immer: Auf dem Lande fühlt er sich am wohlsten. Phillip ist immer froh, wenn er mal aus der Stadt rauskommt. Kann man ja auch verstehen, bei seinem Beruf. Ach, Theresa, das muss ich dir noch erzählen! Ich habe Jörn im Stadtcafé getroffen. Er sieht ja immer noch aus wie ein abgehobener Künstler! Lachend fügte sie hinzu: „Und das in seinem Alter. Aber immerhin, wir haben uns gut unterhalten, ich habe ihn ja lange nicht gesehen. Er war richtig gut drauf. Ich hab ihm erst mal von meiner bevorstehenden Hochzeit erzählt. Ich hatte den Eindruck, er freut sich ehrlich für mich. Nach dir hat er auch gefragt! Als du das letzte Mal bei Sophia warst, war er wohl auch nicht da, oder?" „Nein, ich hab ihn auch schon länger nicht gesehen. Manchmal hab ich das Gefühl er geht mir aus dem Weg!" Sie sprach es nicht aus, aber seit damals in der Kirche … er war da. Sie wusste es ganz genau! Sie hatte ihn jedenfalls gesehen! Ich bin davon überzeugt, Sophia erzählt ihm doch sicherlich ab und zu, wenn ich sie besuche. Egal, ist ja auch nicht so wichtig. Vielleicht bilde ich mir das ja auch nur ein! „Ganz bestimmt! Ich hatte das Gefühl er mag dich und Sebastian sehr. Ganz stolz erzählte er mir, dass er Sebastian ein Fahrrad geschenkt hat. Als ich ihm erzählte, dass Sophia Sebastian adoptiert hat, hatte ich den Eindruck, dass er sich darüber freute. Seiner Meinung nach wäre ja dann für Sebastian bestens gesorgt." „Hat er das wirklich so gesagt?" „Ja, wenn ich es dir doch sage!" „Na ja, vielleicht habe ich mich ja in ihm getäuscht!" „Übrigens Pam, ihr könnt bei uns im Gästezimmer schlafen! Ist das o.k. für euch?" „Das ist lieb von dir, aber sei uns nicht böse, versteh das bitte nicht falsch. Phillip übernachtet lieber in einem Hotel! Da kann er schlafen, solange er möchte, bei Leuten die er noch nicht kennt, wäre ihm das ziemlich unangenehm." Theresa antwortete belustigt: „Das wird wohl nicht der einzige Grund sein." Lachend verabschiedete Pam sich: „Bis Samstag! Ich freu mich!"

Gegen Abend telefonierte Theresa mit Sophia. Ganz aufgeregt erzählte Sophia von ihrem neuen Kunden. „Stell dir vor, der hat sich ein schönes Anwesen in Gloucestershire gekauft. Mit einen riesigen Park! Und meine Statuen gefallen ihm so gut, dass er gleich mehrere geordert hat. Ist das nicht prima?" „Ja super, das freut mich für dich! Gratuliere! Wie ist er auf dich aufmerksam geworden?" „Ich denke durch die Ausstellung, die ich neulich hatte! Oh, Theresa ich bin ganz aus dem Häuschen. Dieser Auftrag macht richtig Freude." „Schön, dann bist du sicher gut beschäftigt. Hast du eigentlich mal wieder etwas von Jörn gehört?" „Ja, er war vor ein paar Tagen hier. Er will aber nächsten Monat wohl noch einmal kommen. Soviel ich mitbekommen habe, steht er hier mit einer Galerie in Verbindung, die seine Bilder ausstellen möchte. Warum fragst du?" „Pam hat mit mir telefoniert, sie hat Jörn in einem Café getroffen." „Ja, das ist gut möglich, er ist im Moment öfter hier. Weißt du, er hatte ja schon immer einen großen Freundeskreis. Ab und zu übernachtet er hier, oder bei irgendwelchen Freunden." „Stimmt es, was Pam mir erzählt hat, er hat Sebastian ein Fahrrad gekauft?" Lachend erklärte Sophia: „Ja, er wollte wohl besonders nett sein, er brauchte wieder einmal Geld! Das Fahrrad war auch noch nicht bezahlt. Soviel ich weiß hatte er es von einem Bekannten, natürlich auf Kredit! Im Augenblick bin ich froh, dass er nicht bei mir übernachtet. Es war schon sehr anstrengend mit ihm! „Sei mir nicht böse, die Arbeit ruft. Ich habe noch viel zu tun. Mach dir keine Sorgen, hier ist alles in Ordnung!" „O.k. Bis bald!" „ Bye!"

Das Wochenende mit Pam und Phillip verging wie im Flug. Holger und Phillip verstanden sich auf Anhieb. Pam und Theresa ließen keine Gelegenheit aus, die Köpfe zusammenzustecken. Was beide Männer natürlich mit einem Lächeln tolerierten. Holger erweckte bei Phillip für sein neues Bauprojekt ehrliches Interesse.

Da Holger noch einmal kurz zur Baustelle musste, bot er Phillip an, ihn zu begleiteten.

Pam nutzte sofort die Gelegenheit. Sie brannte förmlich darauf Theresa zu fragen: „ Hast du Holger inzwischen von Sebastian erzählt?" Bedrückt neigte Theresa ihren Kopf. „Nein, Pam, ich konnte es nicht. Ich habe furchtbare Angst davor! Mein schlechtes Gewissen verfolgt mich Tag und Nacht. Du hast doch Phillip hoffentlich nichts erzählt?" Erschrocken und besorgt sah sie Pam fragend an. „Aber nein, sei unbesorgt! Darüber würde ich nie sprechen! Ich verstehe dich nicht, dein Holger ist so ein netter Mensch! Er liebt dich doch! Wenn du ihm die Gründe vernünftig erklärst, könnte ich mir vorstellen, dass er dir verzeiht! Sicher, vielleicht braucht er ein paar Tage, um sich an den Gedanken zu gewöhnen, aber ich bin mir sicher, er liebt dich, und wird mit der Situation fertig." „Vielleicht hast du recht! Ich muss nur mal den Mut aufbringen.

„Dein Phillip macht aber auch einen guten Eindruck. Ihr seid ein schönes Paar. Was sagtest du, wann soll die Hochzeit sein?" „In vier Wochen!" „Sobald schon?". Neckisch fügte sie hinzu: „Ihr müsst doch nicht etwa?" „ Nein, nein, ganz bestimmt nicht!" „Und wo soll die Hochzeit stattfinden?" „In Schottland, bei Philips Eltern. Nur im engsten Familienkreis. Seine Eltern und Geschwister. Eventuell noch meine Mutter! Ob mein Vater kommt, kann ich noch nicht sagen. Phillips Schwester und sein Bruder möchten gerne Trauzeugen sein. Die beiden sind echt nett, das ist ganz o.k. Im großen Ganzen kommt uns das sehr gelegen. Wir müssen nämlich sparen. Schließlich wollen wir bauen." „Das ist ja großartig!" Theresa lachte! „Jetzt geht mir ein Licht auf, deshalb interessierte sich Phillip so fürs Bauen!" „Genau", stimmte Pam ihr zu, „das dachte ich mir auch."

Später verbrachten sie einen unterhaltsamen Abend in Holgers Lieblingslokal.

Am nächsten Tag besuchten sie Gut Dahlhaus. Es gab Katharinas berühmten selbst gebackenen Apfelkuchen. Phillip fühlte sich pudelwohl. Die deutsche Sprache machte ihm im Gegensatz zu Pam überhaupt keine Schwierigkeiten. Stolz lag in seiner Stimme als er erzählte: „Meine Ma ist in der Nähe von München aufgewachsen. Die Liebe zu meinem Vater war so groß, dass sie ihm schließlich nach Schottland folgte. Die beiden haben es nie bereut!" Dabei sah er Pam mit einem liebevollen, sehnsüchtigen Blick an. „Nun ja, die grünen Wiesen bei uns zuhause in Schottland fehlen mir schon sehr. Ich bin dort aufgewachsen! Sicherlich liegt es daran, dass ich mich auf dem Lande so wohl fühle. Hier bei euch, da ist die Welt noch in Ordnung!"

Natürlich durfte ein ausgedehnter Spaziergang nicht fehlen. Phillip bestand darauf. „Einfach herrlich! Wenn ich diese Weite der Felder, diese grüne Wiesen und Wälder sehe. Schon alleine diese saubere Luft. Wenn man hier tief durchatmet, kann man die Natur förmlich riechen. Riecht ihr auch das frische Gras und den Moosgeruch des Waldes?" Pam mischte sich nun ein: „Endlich mal keine Autos, kein Großstadtgewirr!" Phillip scherzte: „Vor allen Dingen keine Flugzeuge!" Neckend rief Theresa ihm zu: „Vorsicht Phillip, wir nehmen dich beim Wort! Wenn es dir hier so gut gefällt, müsst ihr uns öfter besuchen kommen!" Holger zwinkerte Phillip aufmunternd zu und murmelte so etwas wie: „Ich fürchte, aus der Nummer kommst du nicht mehr raus!" Phillip versprach es gerne. Pam und Theresa strahlten sich an. Sie wünschten sich nichts sehnlicher. Es war ein herrliches Wochenende.

Sechstes Kapitel

Die nächsten zwei Jahre vergingen schnell. Pam und Phillip waren längst verheiratet und Eltern eines Sohnes! Sophia konnte sich inzwischen vor Aufträgen kaum retten. Sie hatte so viel zu tun, dass ihr nichts anderes übrigblieb, als zwei Mitarbeiter einzustellen. Sogar Sebastian, der inzwischen elf Jahre alt war, hatte Freude daran, sich in der Werkstadt nützlich zu machen. Ihre Arbeit füllte sie vollkommen aus und sie schien glücklich zu sein. Theresa gewann den Eindruck, Sophia war wirklich angekommen in ihrem Leben!

Während Theresa so weiter lief und ihren Gedanken nachhing, hatte sie gar nicht bemerkt, dass es schon so spät geworden war.

Ein Blick zum Himmel verriet ihr, es war schon später als sie annahm. Die Sonne ging schon langsam unter und verschwand nach und nach wie ein roter Feuerball ganz am Ende der Felder. Kurzentschlossen nahm sie eine Abkürzung übers Feld. Der Weg war wesentlich kürzer zum Gut ihrer Eltern. Was nützt es, in der Vergangenheit herumzuwühlen, dachte sie, sie musste sich den Tatsachen stellen.

Alles Grübeln half nun nichts mehr. Sie näherte sich der Lindenallee, die zum Gut führte. Augenblicklich fiel ihr ihre Kindheit wieder ein.

Was hatten sie als Kinder für einen Spaß, wenn sie mit dem Fahrrad auf der Allee ihre Rennen fuhren. Wenn es regnete, fanden sie unter den grünen Baumkronen Schutz und horchten auf die Regentropfen, wie sie laut auf die Blätter prasselten. In ihrer Fantasie stellten sie sich dann vor, diese Allee führe sie zu einem verwunschenen Schloss.

Theresa schaute verträumt zu den Baumkronen. Doch diese Geborgenheit, die sie als Kinder darunter fanden, wollte sich nicht mehr einstellen. Lag es daran, dass diese Bäume schon viele Blätter verloren hatten? Oder lag es daran, dass sie jetzt erwachsen war?

Inzwischen konnte sie schon die zwei dicken Eichen sehen, die vor dem Haupthaus standen. Ihre Baumkronen rechts und links gaben nur die Sicht zur Mitte des Gebäudes frei. Durch den roten Backstein wirkten die hohen weißen, unterteilten Sprossenfenster fast herrschaftlich. Die schwere geschnitzte Haustür konnte man über eine Treppe erreichen, die von beiden Seiten begehbar war. Theresa lächelte, wenn sie daran dachte, dass sie als Kind die schwere Tür nie aufbekam. Darum benutzte sie immer den Seiteneingang, der zur Küche führte. Das war ihr auch wesentlich lieber, so konnte niemand sehen, wenn sie sich wieder einmal schmutzig gemacht hatte.

Obwohl sie inzwischen erwachsen war, ließ sich die Haustür immer noch sehr schwer öffnen. Als sie eintrat, roch es schon nach Tee. Prima, dachte sie, den kann ich jetzt gebrauchen. „Hallo Ma, ich bin wieder da!" „Gut, dass du da bist, wir haben uns schon ernsthafte Sorgen um dich gemacht. Papa wollte schon los, um dich zu suchen! Wo warst du denn so lange?" „Aber Ma, ich bin doch kein Kind mehr! Ich bin einfach ohne Ziel durch die Gegend gelaufen. Und habe mir den Kopf zerbrochen, wie es weitergehen soll. Sebastian braucht mich jetzt, ich muss so schnell wie möglich zu ihm!" „Du hast vollkommen recht, ich versteh ja deine Sorge. Vielleicht können wir ja heute noch buchen und fliegen schon morgen." „Ich werde es versuchen!" „Wenn wir erst mal da sind, wird sich schon alles klären. Aber trink jetzt erst deinen Tee, mein Kind, der wird dir gut tun. Versuche dich ein wenig zu beruhigen, im Augenblick können wir nichts anderes tun!" „Allzu lange kann ich nicht mehr bleiben. Es ist spät geworden! Holger wird sicher schon auf mich warten. Das Telegramm aus London hat mich vollkommen aus der Bahn geworfen! Ich kann es immer noch nicht fassen!"

Katharina schüttelte immer wieder fassungslos den Kopf. „Keiner hatte je damit gerechnet das Tante Sophia so plötzlich stirbt! Es ist alles so unfassbar und traurig."

„Tante Sophia hat mich verstanden, sie war immer für mich da. Warum musste sie so früh sterben?" Theresa weinte bitterlich. „Ma, ich werde sie sehr vermissen! Was soll nun werden? Wie soll es jetzt nur weitergehen?" Katharina nahm ihre Tochter tröstend in den Arm und musste selber weinen. „Glaub mir, wir sind auch sehr traurig. So ein Herzinfarkt kommt oft ganz plötzlich, da kann man nichts machen." „Ein Glück, dass Jenny da ist und sich um Sebastian kümmern kann! Ich hätte sonst keine ruhige Minute mehr! Wo ist Vater überhaupt?" „Er ist drüben im Jagdzimmer in seinem Sessel eingeschlafen. Es hat ihn sehr mitgenommen, sie war doch seine einzige Schwester! Weck ihn bitte nicht, ich bin froh, dass er schläft!" Vorsichtig schlich sie sich ins Jagdzimmer und hauchte ihm einen flüchtigen Kuss auf seine Wange. Dann nahm sie ihre Mutter fest in die Arme, mit den Worten: „Ich muss jetzt los, Ma, du brauchst nicht mit hinaus zu kommen, ich hab es eilig. Es wäre gut, wenn ihr schon mal packt! Ich kümmere mich um alles! Die Flüge für uns buche ich!" Theresa stieg in ihren kleinen Golf und fuhr los.

Auf dem Heimweg dachte sie, Holger könnte vielleicht auf die Idee kommen, sie zu begleiten. Besser nicht! Theresa war sich sicher, dass sie noch zu Dr. Howard musste. Bestimmt würde er ihr die Adoptionspapiere überreichen. Das mit der Vormundschaft müsste auch erledigt werden. Nein, das wäre alles viel zu problematisch! Obwohl es ihr viel lieber gewesen wäre, wenn Holger sie begleiten könnte. Gerade er; er könnte ihr Kraft und Trost geben. Mit Holger an ihrer Seite würde sie sicherlich alles besser überste-

hen. Seine Liebe gab ihr so viel Kraft und Wärme. Theresa überlegte, sollte jetzt der richtige Zeitpunkt sein, ihm die Wahrheit zu
sagen? Endlich Schluss zu machen mit dieser ewigen Lügerei? Es
wäre so schön, wenn sie sich einmal alles von der Seele reden
könnte. Aber gerade jetzt? Wie würde Holger reagieren? Sollte sie
in der jetzigen Situation noch zusätzlich eine Ehekrise heraufbe-
schwören? Nein, das wäre zu viel! Das könnte sie im Augenblick
nicht durchstehen. Immer wieder dachte sie an Sophia, sie nahm
die Tränen, die ihr unaufhörlich über das Gesicht liefen, gar nicht
wahr. Verzweifelt rief sie: „Sophia, Sophia, gib mir ein Zeichen,
was soll ich nur tun? Du fehlst mir so sehr!" Als Theresa zu Hause
ankam, schloss Holger sie sofort in seine Arme. Er sah ihr ver-
weintes Gesicht. „Liebes, was ist passiert? Du siehst ja schrecklich
aus, was ist los?" Weinend erzählte Theresa: „Wir haben ein Telegramm bekommen, Tante Sophia ist gestorben! Ich kann es noch
gar nicht glauben, es ging ihr doch so gut!" „Oh, Liebes! Das ist ja
furchtbar, es tut mir ja so leid! Was ist passiert?" „Es war es ein
Herzinfarkt." Tröstend und selbst sehr betroffen nahm Holger sie
abermals in den Arm. Nun konnte Theres sich kaum noch halten,
sie weinte so bitterlich. Behutsam führte Holger sie zur Couch, er
hatte Angst, dass sie in seinen Armen zusammenbricht. Erschüttert
und besorgt holte er ihr einen Cognac. Es kostete ihn etwas Mühe
sie zu überreden, den Cognac zu trinken. „Glaub mir, Liebes, er
wird dir gut tun!" Theresa trank ihn in einem Zug das Glas leer.
Nach einem kurzen Schütteln fragte sie: „Wo ist unsere Kleine?"
„Es ist alles in Ordnung, du brauchst dir keine Sorgen zu machen.
Anna-Maria schläft schon! Sie kam ganz erschöpft von dem Kin-
dergeburtstag zurück und fiel förmlich ins Bett. Lege ruhig die
Beine hoch und ruhe dich ein wenig aus. Inzwischen rufe ich nur
schnell meine Eltern an. Theresa gehorchte und lehnte sich zurück
in die Kissen. Holger hatte ja recht, etwas Ruhe würde ihr gut tun.
Nach dem Telefonat setzte Holger sich zu ihr. „Liebes, meine El-
tern sind auch ziemlich betroffen, sie kommen gleich vorbei.
Meinst du, du schaffst das?" „Sicher!" Etwas schluchzend fügte

sie hinzu: „Wir können gleich alles besprechen. Ich würde gerne mit meinen Eltern nach London fliegen. Es wäre gut, wenn sie sich um die Kleine kümmern könnten. Es muss doch alles geregelt werden! Die ganzen Formalitäten, die auf uns zukommen. Das kann ich meinen Eltern nicht alleine zumuten." „Sicher, das verstehe ich, mein Schatz!".

„Wenn es möglich ist, fliegen wir schon morgen!"

„Soll ich euch nicht besser begleiten?" „Das ist lieb von dir, mein Schatz! Aber das musst du nicht! Sieh mal, ihr habt sowieso schon Terminschwierigkeiten an der Baustelle. Du hilfst mir mehr, wenn ich die Gewissheit habe, dass hier alles reibungslos abläuft.

Außerdem wird Anna-Maria froh sein, wenn wenigstens der Papa da ist. Mach dir keine Sorgen, wir schaffen das schon." Sie wurden unterbrochen, es klingelte an der Tür. Clara und Stefan kamen ganz aufgelöst herein. Beide nahmen ihre Schwiegertochter in den Arm und drückten ihr Bedauern aus. Theresas Augen füllten sich sofort wieder mit dicken Tränen. Clara sagte mit sanfter Stimme: „Theresa, es tut uns ja so leid, wir wissen wie sehr du an deiner Tante gehangen hast. Woran ist sie denn so plötzlich gestorben?" „Im Telegramm stand Herzinfarkt!" Stefan war sehr besorgt um seine Schwiegertochter. „Theresa, es ist immer schwer in solch einer Situation Trost zu spenden." Liebevoll legte er seine Hand auf die ihre. „Wir fühlen mit dir!" Holger warf kurz ein: „Ich kümmere mich schon mal um die Flüge, Theresa!" „Das ist lieb von dir!" Stefan sah die Cognacflasche, eilig schüttete er für sich und Theresa Gläser ein. „So, meine Liebe, den trinkst du jetzt! Der wird dich beruhigen!" Theresa sah ihn etwas zweifelnd an: „Aber ich hab doch …" „Keine Widerrede! Und runter damit!" Ein kräftiges Schütteln durchfuhr abermals ihren ganzen Körper. Sie wusste ja, Stefan meinte es gut. „Jetzt ist es aber genug!" Clara reichte ihr ein Glas Wasser. Traurig meinte sie: „Für deinen Vater wird es besonders schwer sein. Immerhin war sie ja seine einzige Schwester!" „Ja, er ist besonders traurig! Ich habe meinen Eltern versprochen, dass wir morgen gemeinsam nach London fliegen. Würdet ihr so nett sein und die Kleine zu euch nehmen?" Stefan und Clara antworteten wie aus einem Munde: „Das ist doch wohl selbstverständlich!" Holger kam wieder herein. „Die Flüge sind gebucht. Morgen früh hole ich erst deine Eltern ab und bringe euch anschließend zusammen zum Flughafen!" Mit großen Augen sah Clara Theresa fragend an. „Meinst du nicht, dass Holger euch begleiten sollte?" Es gehört sich doch schließlich so. Bei der Beisetzung sollte er an deiner Seite zu sein!" „Sicher, da hast du vollkommen recht Clara, aber meine Tante soll hier beigesetzt werden, hier in ihrer Heimat! Das ist immer ihr Wunsch gewesen und der Wunsch meines Vaters. Wir fliegen nur nach London, um alle Angelegenheiten zu regeln und sie heim zu holen." „Ach so, das verstehe ich natürlich!"

Die Maschine startete am nächsten Morgen pünktlich. Jenny erwartete sie schon mit verweinten Augen am Flughafen. Theresas erste Frage war natürlich: „Wo ist Sebastian?" Jenny beruhigte sie sofort, indem sie ihr erklärte: „Sebastian ist noch bei den Adams! Sophia hatte ihm noch erlaubt, über das Wochenende mit Sven und seinen Eltern zum Angeln zu fahren. Sven und Sebastian sind die besten Freunde. Entweder schläft Sven bei uns, oder Sebastian drüben bei Sven." Weinend erklärte Jenny: „Die Adams waren sehr betroffen, sie konnten es gar nicht fassen. Mitfühlend boten sie mir an, Sebastian vorläufig bei sich zu behalten. Zum Glück war Sebastian nicht zuhause, als es passierte." Schluchzend fügte sie hinzu: „Sebastian weiß es noch gar nicht!" Theresa nahm Jenny in den Arm und tröstete sie. „Das hast du genau richtig gemacht. Wir müssen es ihm so schonend wie möglich beibringen."

Später, als Theresa mit ihren Eltern Sophias Haus betrat, beschlich sie ein seltsames Gefühl. Ein komisches Frösteln durchzog ihren ganzen Körper. Ohne Sophia wirkte das Haus kalt und leer. Um sich abzulenken, kochte Theresa Kaffee. „Ich nehme an, den können wir jetzt alle gebrauchen." Axel von Dahlhaus ging erst ein paar Schritte durch die Wohnräume und schaute sich um. Scheinbar war er ganz in seinen Gedanken versunken. Theresa beobachtete ihn, kaum hörbar und mit brüchiger Stimme sagte er: „So hat sie also gewohnt, unsere Sophia. Sie hat es weit gebracht!" „Ja, Vater, du kannst stolz auf Sophia sein. Später, wenn wir Kaffee getrunken haben, kannst du dir mal ihre Werkstatt ansehen. Ihre Arbeiten sind großartig!" Beim Kaffeetrinken berichtete Jenny, wie sich alles zugetragen hatte.

„Ich hatte meinen freien Tag. Sebastian war ja mit den Adams zum Angeln. Gegen Abend brachte mich Tommy nach Hause, die lauten Stimmen hörten wir bis in den Flur. Zweimal habe ich an die Tür geklopft, bis Sophia endlich ziemlich gereizt rief: „Was ist denn?" Ich schaute kurz zur Tür herein und sah Jörn. Es schien mir so, als sei er verärgert. Mir war sofort klar, dass ich störe. Sophia erklärte mir eilig: „Wir haben noch etwas zu bereden, Jenny! Wir sehen uns später!" „Worauf ich mich sofort zurückzog. Sie stritten sich weiter. Das war nicht zu überhören. Ich dachte noch, heute scheint es überall Ärger zu geben. Tommy und ich hatten uns auch gestritten. Deshalb ging er noch kurz mit rauf. Die lauten Stimmen konnte ich oben noch hören. Plötzlich wurde es still! Kurz darauf rief Jörn ganz aufgeregt Jenny, Jenny! Ich dachte sofort, da muss etwas passiert sein. Eilig rannte ich die Treppe herunter. Die Tür stand auf, Jörn beugte sich hilflos über Sophia, die auf dem Boden lag. Ihr Arm lag auf ihrem Brustkorb, das Gesicht war vom Schmerz verzerrt. Sie atmete nur schwach. Jörn schrie: „Sie ist auf einmal umgefallen!" Ich schrie ihn fürchterlich an: „Wir brauchen einen Notarzt!" Sofort sprang er zum Telefon und rief den Notarzt. Tommy und Jörn haben sie dann hochgehoben und auf die Couch gelegt. Jörn war total aufgeregt. Hastig holte ich Sophias Nitrospray und gab es ihr. Ich merkte, sie wollte mir etwas sagen. Kaum hörbar hauchte sie: „Irgendetwas wie, Jörn, Werkstatt, Kassette holen, es war nicht richtig zu verstehen. Ich dachte nur, das ist alles nicht so wichtig! Kurz darauf kam auch schon der Notarzt. Es ging alles sehr schnell. Sofort legten sie ihr eine Infusion an und brachten sie mit Blaulicht ins Krankenhaus. Jörn fuhr direkt mit ihnen. Tommy und ich fuhren mit meinem Wagen sofort hinterher ins Krankenhaus. Jörn lief auf dem Flur hin und her." Schluchzend fuhr sie fort „Dann kam der Chefarzt zu uns und sagte „Es tut uns leid, wir konnten nichts mehr für sie tun!" Jenny weinte bitterlich. „Von da an hab ich Jörn nicht mehr gesehen!"

Theresa beobachtete ihren Vater. Als sie seine Erschütterung wahrnahm, umarmte sie ihn. Katharina goss ihm rasch einen Whisky ein. Dankbar sah er sie an und trank das Glas in einem Zug leer. Sein Blick ging in Richtung Garten. Etwas träge stand er auf, um die Terrassentür zu öffnen. Schweren Schrittes ging er in den Garten. Leise sagte Katharina: „Lassen wir ihn, er muss einen Augenblick für sich alleine sein."

Zum ersten Mal betrat Axel Sophias Werkstatt. Was er dort vorfand übertraf all seine Erwartungen. Sicher, Sophia hatte oft von ihren Arbeiten erzählt. Er war ehrlich genug zu sich selbst und musste sich eingestehen, dass er oft innerlich ein wenig darüber schmunzelte. Eine Frau! Und dann auch noch Bildhauerei, na, was sollte da schon bei rauskommen? In diesem Augenblick schämte er sich. Leise, kaum hörbar murmelte er: „Sophia, ich schäme mich! Ich habe dir Unrecht getan!" Schluchzend fügte er hinzu: „Verzeih mir!" Ihre Arbeiten hatten tatsächlich Achtung und Respekt verdient. Langsam wurde ihm klar, Sophia war wirklich eine großartige Frau. Eine wahre Künstlerin, das hätte er ihr nicht zugetraut. Tränen des Stolzes liefen langsam über seine Wange. Wie gerne hätte er ihr seine Bewunderung über ihre Arbeit noch selbst gesagt. Nun quälte er sich mit Selbstvorwürfen. Leise murmelte er vor sich hin: „Sophia verzeih mir, ich habe nicht erkannt, was wirklich in dir steckte. Ich bin so stolz auf dich." Weder Theresa noch Katharina wagten in zu stören. Alle ahnten, es war der Moment, indem er mit seiner Schwester Zwiesprache hielt. Es war seine Art, um sich von Sophia zu verabschieden.

Die kommenden Tage verlangten viel Kraft von allen Beteiligten.

Um Sophias Wunsch zu erfüllen, in der heimatlichen Erde beigesetzt zu werden, mussten noch einige Formalitäten erledigt werden.

Dr. James Howard rief an. Seiner Stimme nach zu urteilen, war auch er sehr betroffen. Er bat um einen Termin für die Testamentseröffnung, an der Theresa mit ihren Eltern teilnehmen sollte. Während Theresa den Hörer auflegte, wanderten ihre Gedanken zu Jörn. Ob er wohl auch zu dem Termin geladen wurde? Seit ihrer Ankunft war er von der Bildfläche verschwunden. Wohlmöglich hatte er Schuldgefühle! Sicherlich betäubte er seinen Kummer wieder mal in Alkohol. Vielleicht wäre Sophia noch am Leben, wenn sie diese Auseinandersetzung nicht mit ihm gehabt hätte? Ganz sicher legte er keinen Wert darauf, Axel von Dahlhaus zu begegnen. Von Sophias Erzählungen wusste sie, das Verhältnis zwischen ihrem Vater und Jörn war wohl sehr angespannt. Axel hatte ihm nie verziehen, dass er seine Schwester so ins Unglück gestürzt hatte.

Theresa konnte sich jetzt darüber keine Gedanken mehr machen. Es wurde Zeit, dass Sebastian bei den Adams abgeholt wurde.

Sie suchte Jenny und fand sie weinend in ihrem Zimmer vor. Liebevoll legte sie den Arm um sie und fragte: „Was ist los Jenny? Warum weinst du?" Schniefend erklärte sie: „Tommy hat mich verlassen! Ich habe dir doch mal von der Kellnerin erzählt. Du weißt schon, die mit der er früher zusammen war." „Ja, ich kann mich erinnern. Was ist mit ihr?" „Die beiden sind wieder ein Paar! Er hat mich die ganze Zeit nur benutzt.". „Oh je, Jenny, das tut mir so leid, das hast du nicht verdient. Und was ist mit deinem Geld? Du hattest ihm doch deine ganzen Ersparnisse gegeben." „Das habe ich gestern Abend alles zurückbekommen. Ich frage mich nur, woher er auf einmal so viel Geld hat? Eine Freundin hat mir erzählt, Tommy gibt überall groß an. Er habe jetzt den richtigen Partner gefunden. Die beiden wollen das Restaurant jetzt zusammen betreiben. Aber bitteschön, im ganz großen Stil!" „Jenny, sei nicht traurig, er ist es nicht wert, dass du um ihn weinst. Sei froh, dass du dein Geld wieder hast!" „Ich bin überhaupt nicht traurig, sondern wütend über mich selbst! Wie konnte ich nur so dumm sein, auf ihn reinzufallen! So richtig habe ich ihm nie getraut!" „Warum weinst du dann?" „Vor Wut natürlich! Dass ich so blöd war!" Theresa lachte. „Jenny du bist nicht blöd, so etwas hätte auch mir passieren können. Du hast nur Pech gehabt und den Falschen erwischt! Vergiss ihn einfach, glaub mir, irgendwann kommt der Richtige! Sag mal, wäre es dir trotzdem möglich Sebastian von den Adams abzuholen?" „Kein Problem, eine gute Idee, das bringt mich auf andere Gedanken! Ich habe den kleinen Kerl sowieso schon vermisst. Theresa, darf ich dich etwas fragen? Ich mache mir schon die ganze Zeit Gedanken. Was wird denn nun aus Sebastian?" „Darüber habe ich mir auch schon Gedanken gemacht. Gesten Abend habe ich mit meinen Eltern gesprochen. Selbstverständlich nehmen wir Sebastian mit nach Hause. Vorläufig wird er bei meinen Eltern wohnen." Jennys Gesicht veränderte sich abrupt. Dicke Tränen standen in ihren Augen. „So etwas habe ich mir schon gedacht! Jetzt habe ich nicht nur Sophia verloren, sondern auch noch Sebastian!" Weinend ließ sie sich aufs Bett fallen. Theresa nahm Jenny tröstend in den Arm. „Aber wer sagt denn das?" Jenny konnte ja nicht ahnen, dass Theresas Eltern bereit waren, auch sie aufzunehmen. Allen Beteiligten war längst klar, Sebastian würde sehr darunter leiden, dass Sophia gestorben war. Sie wollten ihm nicht zumuten auch noch auf Jenny zu verzichten! Vorausgesetzt, Jenny wäre einverstanden. „Ich habe eine Überraschung für dich. Wir alle würden uns sehr freuen, wenn du mit uns kommst! Und dich weiterhin um Sebastian kümmerst. Er hat sich so an dich gewöhnt." Jenny strahlte über das ganze Gesicht. „Das würdet ihr tatsächlich machen? Ich glaube das nicht! Das wäre ja toll! Ich bin ja so glücklich! Etwas Besseres kann mir gar nicht passieren! Ich bin ja so froh, hier weg zu kommen! Vor allen Dingen läuft mir Tommy nicht mehr über den Weg!" Stürmisch nahm sie Theresa in den Arm. „Ich wollte schon immer mal woanders hin. Theresa, ich bin dir ja so dankbar. Du wirst es nicht bereuen!" „Sicherlich möchtest du deine Eltern noch informieren?" „Ich fahre heute Abend zu ihnen und erkläre ihnen alles. Sie werden verstehen, dass ich mich jetzt um Sebastian kümmern muss."

„Das siehst du vollkommen richtig! Meine Eltern wären wahrscheinlich damit überfordert. Du bist für Sebastian sehr wichtig. Mit dir hat er die meiste Zeit verbracht, zu dir hat er Vertrauen, du bist seine Bezugsperson. Klar, den Opa Axel kennt er schon und meine Mutter mag er auch, doch sie sind kein Ersatz für Sophia! Wir können ihm nicht zumuten, auch noch auf seine Jenny zu verzichten! Das geht auf keinen Fall! Deswegen bin ich heilfroh, dass du einverstanden bist, uns zu begleiten. Mir fällt wirklich ein Stein vom Herzen!"

Gegen Abend setzte sich Theresa mit Sebastian ins Wohnzimmer. Um ihm in aller Ruhe und ungestört erklären zu können, was passiert war. Sebastian wusste nur, dass Sophia plötzlich ins Krankenhaus musste. Ganz behutsam erklärte sie ihm, dass Sophias Herz ganz krank war und die Ärzte ihr nicht mehr helfen konnten. Damit sie keine Schmerzen mehr ertragen müsse, habe der liebe Gott sie in den Himmel geholt. Sebastian weinte bitterlich. Denn er verstand, dass er seine Ma nie wiedersehen würde. In dieser Nacht schlief er in Theresas Armen ein. Ihr Herz krampfte sich zusammen, als er schlaftrunken und weinerlich flüsterte: „Ich hab dich lieb, Tante Theresa!"

Alle bemühten sich in den darauffolgenden Tagen, Sebastian so gut wie möglich abzulenken. Erst als Sebastian erfuhr, dass er mit Jenny, Tante Theresa sowie Opa Axel und die Oma nach Deutschland fliegen darf, wurde er etwas munterer. Diese Neuigkeit musste er natürlich so schnell wie möglich seinem Freund Sven erzählen. Sven zeigte sich anfangs etwas betrübt, aber Sebastian versprach, ihn regelmäßig anzurufen. Svens Eltern versprachen, Sebastian in den großen Ferien zu besuchen. So fiel der Abschied den beiden nicht ganz so schwer.

Bei der Testamentseröffnung verlas Dr. James Howard Sophias letzten Willen. So bestätigte er Theresa und ihren Eltern, dass Sebastian von Sophia als Haupterbe eingesetzt wurde. Die Vormundschaft sollte auf Theresa übertragen werden. Ihrem Bruder Axel hinterließ sie ihre wertvollen Bilder. Ihre Schwägerin Katharina sollte ihren Schmuck bekommen. Für Jörn, der nicht erschienen war, hatte sie eine einmalige Summe von 10.000 Pfund vorgesehen. Sogar an Jenny hatte sie gedacht. Sie bat Theresa darum, sollte Jenny einmal heiraten, sie einzukleiden und ihre Hochzeit auszurichten. Alle Anwesenden waren sehr gerührt. Sophia hatte weit vorausgedacht, darin waren sich alle Beteiligten einig.

Nach der Testamentseröffnung verabschiedeten sich ihre Eltern schon einmal und begaben sich nach draußen. Es hatte sie doch alles sehr mitgenommen. Theresa nahm die Gelegenheit wahr, um alle weiteren Angelegenheiten zu klären. Die Abwicklung der geschäftlichen Verpflichtungen lag Theresa besonders am Herzen. „Verstehen Sie mich bitte nicht falsch, Herr Dr. Howard, ich habe nicht die Zeit und auch nicht die Möglichkeit, mich mit den einzelnen Kunden und Lieferanten in Verbindung zu setzen." Fast fürsorglich lächelte Dr. Howard sie nun an. „Daran habe ich auch schon gedacht. Wir haben in unserer Kanzlei einen jungen Juristen. Den könnte ich damit beauftragen, wenn es Ihnen recht ist. Sie müssten mir nur eine Vollmacht unterschreiben, damit wir in Ihrem Sinne tätig werden können. Außerdem muss ich mich noch mit Herrn Jörn Heimann in Verbindung setzen, da er heute nicht erschienen ist. Haben Sie etwas von ihm gehört?" „Nein, ich nehme an, er ist wieder einmal für einige Zeit in der Versenkung verschwunden. Spöttisch fügte sie hinzu: „Spätestens wenn er kein

Geld mehr hat, taucht er wieder auf!" Nachdenklich ging Dr. Howard auf seinen Schreibtisch zu. „Gut dann habe ich auch keine Fragen mehr, es müsste alles geklärt sein. Aber da fällt mir noch etwas ein. Es scheint mir doch noch wichtig zu sein."

Dr. James Howard kam direkt auf den Verkauf des Hauses zu sprechen. „Frau Ahrens, gehe ich recht in der Annahme, dass es sicherlich nicht sinnvoll für Sie wäre, das Haus zu behalten? Verstehen Sie mich bitte richtig! Wie Sie wissen, haben Ihre Tante und ich oft lange Gespräche geführt". Mit einem wehmütigen Lächeln fügte er hinzu: „Sie erwähnte sogar einmal, sollte der Fall eintreten, dass ihr etwas zustößt, solle ich Ihnen bei dem Verkauf des Hauses helfen." Nachdenklich schüttelte er seinen Kopf. „Sie hat schon weit vorausgedacht. Es ist schon seltsam, als wenn sie es geahnt hätte." „Erstaunlich! Scheinbar wollte sie nichts dem Zufall überlassen. Jetzt bin ich doch etwas erleichtert. Es ist gut zu wissen, dass es sicherlich in Ihrem Sinne war, wenn wir uns davon trennen. Leicht fällt mir der Gedanke nicht, das Haus mit samt dem Mobiliar zu verkaufen. Aber es muss sein, wir sind einfach zu weit weg. Einige kleine Erinnerungstücke werde ich mitnehmen. Den Sekretär möchte ich gern behalten. Das war ihr liebstes Stück. Davon könnte ich mich nicht trennen. Würden Sie veranlassen, dass man mir den per Spedition zukommen lässt?" „Aber selbstverständlich, Frau Ahrens, ich werde mich persönlich darum kümmern." „Ich danke Ihnen, Dr. Howard. Es wäre nett, wenn Sie schon einmal alles in die Wege leiten. Meine Tante hat Ihnen all die Jahre vertraut. Ich halte es ebenso und wäre Ihnen sehr dankbar, wenn Sie mir diese Dinge abnehmen könnten. Wie Sie wissen, war es Sophias letzter Wunsch, in der heimatlichen Erde beigesetzt zu werden. Wir reisen morgen ab. Sie können mich jederzeit telefonisch erreichen." „ Liebe Frau Ahrens, da Sie mir alle Vollmachten ausgestellt haben, dürfte es keine Schwierigkeiten geben. Ich werde alles zu Ihrer Zufriedenheit erledigen. Das verspreche ich Ihnen! Ich wünsche Ihnen alles Gute für die Zukunft!" „Vielen

Dank für alles, Herr Dr. Howard! Sie haben mir sehr geholfen. Bitte halten Sie mich auf dem Laufenden. Auf Wiedersehen!"

Siebtes Kapitel

Die Trauerfeier für Sophia fand im engsten Familienkreis statt. In der Familiengruft fand Axels Schwester ihre letzte Ruhe. Theresas Schwiegervater Stefan erklärte sich bereit, sich an diesem Tag um die Kinder zu kümmern. Der Junge gefiel ihm. Er fand ihn einfach prima. Alle waren sich einig, für die Kinder wäre es nur eine unnötige Belastung gewesen, daran teilzunehmen. Stefan und Clara fanden es sehr lobenswert von Theresas Eltern, den Adoptivsohn von Sophia und auch das Kindermädchen bei sich aufzunehmen. Das Haus war schließlich groß genug. Jenny bekam sogar eine richtig hübsche kleine Wohnung ganz für sich alleine. Und die beiden Zimmer, die früher Theresa gehörten, bekam Sebastian. Eines zum Schlafen und eines zum Spielen. Selbst Holger sah darin eine gute Lösung.

Achtes Kapitel

Langsam kehrte in Theresas Leben der normale Alltag wieder ein. Wenn sie nur nicht dieses bedrohliche Gefühl in ihrem Magen hätte. Wie oft dachte sie daran, Holger endlich die Wahrheit zu sagen. Doch immer, wenn sie ansetzte, verließ sie der Mut. Sie quälte sich mit Selbstvorwürfen. Fast jeden Abend, wenn sie Anna-Maria zu Bett brachte und ihr einen Gutenachtkuss gab, dachte sie auch an Sebastian. Ob er wohl gerade traurig war? Oder großes Heimweh hatte? Der Gedanke, dass Jenny und auch ihre Ma bei ihm waren, tröstete sie etwas. Immerhin war Sebastian jetzt in ihrer Nähe. Holger und auch ihre Schwiegereltern begrüßten ihre Entscheidung, die Vormundschaft übernommen zu haben. Theresa wusste, jetzt schöpfte niemand Verdacht, wenn sie zu ihren Eltern fuhr.

Es dauerte etwa zwei Monate, bis Sebastian sich eingewöhnt hatte. Zum Glück wohnten zwei Jungs aus seiner Klasse ganz in seiner Nähe. Sie hatten den gleichen Schulweg. Stolz erzählte Sebastian ihr beim letzten Besuch: „Tante Theresa, ich habe schon zwei Freunde: Nick und Luis! Die sind bei mir in der Klasse. Wenn ich etwas nicht verstehe, müssen sie immer so lachen. Aber egal, sie helfen mir! Nachmittags kommen sie zum Spielen, meistens bringen sie noch ihren kleinen Bruder Ben mit." Theresa hörte ihm genau zu. Schön, dachte sie, Sebastian fühlte sich offensichtlich schon sehr wohl in seiner neuen Umgebung.

Das nächste Weihnachtsfest stand vor der Tür.

Katharina und Jenny waren fleißig dabei, Weihnachtsplätzchen zu backen. Sebastian zog es vor, mit seinen Freunden Schlitten zu fahren. Theresa, Clara und Anna-Maria bereitete es viel mehr Spaß, Weihnachtseinkäufe zu tätigen.

Heiligabend verbrachten alle, wie im Jahr zuvor, auf Gut Dahlhaus!

Für Sebastian war es besonders schwer, das erste Weihnachtsfest ohne Sophia! Um ihn abzulenken fragte Holger: „Sag mal Sebastian, kannst du eigentlich Ski fahren?" Etwas traurig antwortete er: „Nein, ich habe es noch nie probiert." „Ja, dann wird es aber Zeit, wir wollen morgen mit dir und Jenny in den Skiurlaub fahren!" Plötzlich leuchteten seine Augen. Freudig sprang Sebastian auf. „Ist das wirklich wahr?" Theresa kam hinzu und umarmte ihn innig. „Wenn wir erst in Österreich sind, kannst du sogar mit Anna-Maria einen Skikurs belegen. Du wirst sehen, dann lernt man es im Handumdrehen." Die Vorfreude war so groß, dass alle trüben Gedanken im Nu verschwanden.

Die Skischule in Österreich war genau das Richtige. Die Kinder hatten einen riesigen Spaß dabei. Während Anna-Maria sich vorsichtig bewegte, fuhr Sebastian schon richtig mutig den Hang hinunter. Obwohl er oft auf die Nase fiel, gab er nicht auf. Theresa und Holger amüsierten sich über den Skilehrer. Er flirtete heftig mit Jenny. Sebastian sprach Holger an, „Was machen wir eigentlich am Silvesterabend?" Holger antwortete geheimnisvoll: „Da machen wir etwas ganz Besonderes!" Auch Anna-Maria kam jetzt hinzu, ihre Neugierde war geweckt. Theresa rief: „Es wird nichts verraten! Nur so viel, ihr müsst euch schön warm anziehen! Enttäuscht gaben sie sich damit zufrieden. Am nächsten Tag war es dann soweit. Als es anfing zu dämmern, machten sich Holger und Theresa mit Jenny und den Kindern auf den Weg. Oben auf der Berghütte gab es heiße Schokolade. Der Skilehrer versammelte eine Schaar von Kindern um sich herum und erklärte ihnen, dass sie gleich alle zusammen mit brennenden Fackeln langsam den Berg hinunter fahren würden. Die kleineren Kinder sollten von den Erwachsenen begleitet werden. Gerade als es dunkel war, fuhr drüben auf dem anderen Hang schon ein großer Trupp los. Auf dem schneebedeckten Hang wirkten die Fackeln im Dunkeln wie eine

Lichterkette. Für die Kinder war es das schönste und spannendste Erlebnis des ganzen Urlaubs!

Die Ferien gingen wie immer viel zu schnell vorbei.

Sebastian musste wieder zur Schule, in den ersten Wochen nach den Ferien lief alles ganz normal. Seine Deutschlehrerin, die sehr nett und geduldig war, verließ leider die Schule, sie bekam ein Baby. Mit dem neuen Lehrer hatte Sebastian Schwierigkeiten. Wie erwartet tauchten nach einiger Zeit die ersten Probleme auf. Seine Noten wurden immer schlechter. Jenny und Katharina wussten sich nicht mehr zu helfen. Besorgt rief Katharina ihre Tochter an. „Theresa du musst unbedingt vorbei kommen, Sebastians Noten werden immer schlechter! Jenny kann ihm auch nicht helfen und ich bin damit überfordert." Mach dir keine Sorgen Mutter, ich komme morgen vorbei!" Wie versprochen fuhr Theresa am nächsten Tag zum Gut ihrer Eltern.

Katharina berichtete ihr: „Sebastian hat Schwierigkeiten im Deutschunterricht. Den Englischunterricht hingegen findet er nur langweilig. Jenny kann ihm ja auch nicht helfen. Sie ist ja selber der deutschen Sprache nicht ganz mächtig. Was soll ich machen? Ich bin damit überfordert. Versteh mich nicht falsch, aber scheinbar habe ich die Geduld nicht mehr!" „Mach dir keine Sorgen, Mutter, ich kümmere mich darum. Wenn er eine gewisse Zeit Nachhilfeunterricht bekommt, wird es bestimmt besser. Oh, es ist spät geworden, ich muss dringend nach Hause. Holger wird schon auf mich warten! Ich ruf dich in den nächsten Tagen an."

Zuhause angekommen erzählte Theresa Holger beim Abendessen, was es Neues bei ihren Eltern gab. Unter anderem erwähnte sie Sebastians Probleme in der Schule. Holger lachte: „Aber das war doch zu erwarten. Der Junge ist schließlich in England aufgewachsen. Was habt ihr euch denn vorgestellt? Da kann man doch Abhilfe schaffen. Er muss Nachhilfeunterricht bekommen, dann wird das schon klappen. Da fällt mir etwas ein: Mein alter Freund

Carsten ist doch Lehrer am Gymnasium, ich glaube, er unterrichtet auch das Fach Deutsch. Den könnte ich mal fragen." „Das ist eine gute Idee!" Zuversichtlich schmunzelte Holger vor sich hin. „Wofür hat man seine Freunde? Ich rufe ihn gleich nach dem Essen mal an. Carsten kann uns da bestimmt weiterhelfen!" „Holger, das wäre ja großartig! Habe ich dir schon einmal gesagt, dass ich dich liebe?" Theresa lächelte glücklich und küsste Holger auf die Wange. „Ich habe das Gefühl, der kleine Sebastian liegt dir sehr am Herzen, mein Schatz! Muss ich eifersüchtig werden?" Theresa zuckte zusammen, etwas verlegen stotterte sie: „Ich … ich habe ja schließlich die Vormundschaft übernommen. Also muss ich mich auch um ihn kümmern!" Holger lachte. „Mein Schatz, das war doch nur ein Scherz! Du brauchst dich doch nicht gleich zu verteidigen." Holgers Telefonat mit Carsten erwies sich als erfolgreich. Carsten erklärte sich bereit, Sebastian Nachhilfeunterricht zu geben.

Sebastians Begeisterung hielt sich in Grenzen als er davon erfuhr. Nachmittags wollte er lieber mit seinen neuen Freunden spielen. Und die Umgebung zu erkunden, war natürlich auch viel spannender. Nur Jenny war begeistert. Dieser Carsten gefiel ihr nämlich gut. Sie nutzte die Gelegenheit und schloss sich dem Unterricht gleich an. Jetzt entwickelte Sebastian Ehrgeiz. Die Aussicht besser zu sein als Jenny spornte ihn natürlich an. Schon im Frühjahr wurden Sebastians Noten zusehends besser. Der neue Lehrer lobte Sebastian inzwischen und schien gar nicht mehr so streng zu sein.

Eines Morgens als Theresa im Büro war, rief Dr. Howard an. Er berichtete ihr, er habe schon einen Interessenten für das Haus. Wenn alles gut ginge, könne er schon morgen den Kaufvertag abschließen. „Vorausgesetzt Sie sind einverstanden." Lachend erwiderte Theresa: „Wenn der Preis stimmt, habe ich nichts dagegen." „Er ist bereit, die Summe zu zahlen, die Sie veranschlagt haben!" „Dann bin ich einverstanden!" „Wir haben da noch ein anderes

Problem. Uns fehlte von dem letzten Kunden Ihrer Tante ein Zahlungseingang. Da der Auftrag ausgeführt wurde, haben wir den Kunden angerufen. Dieser teilte uns mit, er habe bar bezahlt. Nach Aufforderung legte er uns sogar eine Quittung vor. Meine Frage an Sie ist daher: Wie viel Bargeld befand sich in der Kasse, als Sie sie vorgefunden haben?" „Aber Herr Dr. Howard, die Kasse war leer, ich erwähnte es bereits bei meinem letzten Besuch!" „Nun wird es interessant, Frau Ahrens! Wenn sie diesen Betrag nicht in der Kasse vorgefunden haben, wer hat ihn dann? Die Quittung wurde am Todestag ihrer Tante ausgestellt."

Da stellt sich doch die Frage: Wer befand sich am Todestag ihrer Tante im Haus?" „Soweit ich weiß, war nur Jörn Heimann bei meiner Tante zu Besuch. Sie hatten wohl eine größere Auseinandersetzung. Mehr kann ich Ihnen im Augenblick nicht sagen. Ich habe aber einen bestimmten Verdacht. Darüber möchte ich jetzt noch nicht sprechen. Ich werde der Sache auf den Grund gehen. Ich rede noch einmal mit dem Kindermädchen und rufe sie wieder an! Vielen Dank erst mal, Dr. Howard, ich melde mich wieder bei Ihnen. Bis bald!"

Theresa beschloss, am nächsten Wochenende zu ihren Eltern zu fahren. Sie musste noch einmal mit Jenny über diese Angelegenheit reden. Es ließ ihr keine Ruhe. Abends sprach sie mit Holger darüber. Er war der gleichen Meinung wie sie. „Etwas stimmt da nicht. Kannst du dem Kindermädchen, wie heißt sie noch?" „Du meinst Jenny?" „Ja, kann man ihr und ihrem Freund trauen?" „Für Jenny lege ich meine Hand ins Feuer. Sie hat immer aufgepasst. Sophia ließ ihr Geld nämlich überall herumliegen. Jenny hat deswegen oft mit ihr geschimpft. Ich habe einen ganz anderen Verdacht!" „Und der wäre?" „Jörn!" „War das nicht ihr früherer Lebenspartner?" „Genau, sieh mal, Jenny und Tommy haben doch gehört, wie sie sich gestritten haben. Vielleicht ging es wieder mal um Geld? Sophia erzählte mir oft, er komme immer dann zu ihr, wenn er Geld benötige. Du musst wissen, er trieb sich überall in der Künstlerszene herum. Manchmal hatte es den Anschein, als nehme er Drogen. Sophia glaubte trotz allem an ihm. Sie war davon überzeugt, er brauche nur den großen Durchbruch. Ich gebe zu, seine Bilder waren nicht schlecht. Nur der große Erfolg blieb aus. Deshalb hat sie ihm auch immer wieder geholfen." „Wieso hat sie das getan? Das verstehe ich nicht ganz." „Ich glaube, tief in ihrem Herzen hat sie ihn noch immer geliebt. Was sie natürlich nie zugab! Sophia hatte ein großes Herz für Künstler." Theresa überlegte kurz. Aber vielleicht hatte er sie verärgert? Könnte doch sein, dass sie die Nase voll hatte und ihm nichts geben wollte? Was dann? Theresa erklärte ganz aufgeregt weiter: „Stell dir vor, wenn er sie unter Druck gesetzt hat! Vielleicht hat er sie noch bedroht! Oder er hat sie bestohlen? Und sie hat es bemerkt? Hat sie deshalb einen Herzinfarkt bekommen?" „Mein Schatz, jetzt aber mal ganz langsam! Das sind alles nur Vermutungen, die du da aussprichst! Wie willst du das beweisen?" „Warte es nur ab, wenn es so war, bekomme ich es heraus!" „Ich möchte dich nur warnen, mein Schatz! Sei vorsichtig mit solchen Verdächtigungen! Wenn wir am Wochenende bei deinen Eltern sind, kannst du mit dieser Jenny reden. Es wird sich schon alles aufklären!"

Die Großbaustelle in der Nähe seiner Schwiegereltern mit den Einfamilienhäusern lief auf Hochtouren. Theresa würde ihn sicherlich nicht vermissen, wenn er mal kurz zur Baustelle fuhr. Der Samstag schien ihm ideal, um noch einige Arbeiten auszuführen. Und das Abendessen bei seinen Schwiegereltern war auch nicht zu verachten. Die Bratkartoffeln seiner Schwiegermutter schmeckten hervorragend, da konnte er nicht widerstehen. Als Anna-Maria erfuhr, dass sie Oma besuchen würden, hüpfte sie vor Freude. Dort war ja Sebastian, neuerdings ihr bester Freund.

Anna-Maria und Sebastian verstanden sich prima. Oft lief sie hinter Sebastian her. „Wie heißt das Wort auf Englisch? Sag doch mal Sebastian, bitte!" Geduldig erklärte Sebastian ihr alles, was sie wissen wollte. Dafür zeigte Anna-Maria ihm, wo die schönsten

Verstecke waren. Die vielen Ställe, die Scheunen, sie kannte sich ja aus. Sebastian fand das alles spannend. Axel und Katharina bemühten sich sehr um den Jungen. Katharina erzählte Theresa: „Nur am Abend, wenn Sebastian in seinem Bett liegt, fließen ab und zu noch ein paar Tränen. Er vermisst Sophia. Jenny tröstet ihn so gut sie kann. Meistens liest sie ihm dann eine Geschichte vor, bis er einschläft. Und am Tage ist er so beschäftigt, da ist alles wieder vergessen. Mach dir keine Sorgen, das wird schon. Kinder vergessen schnell!" Später nutzte Theresa die Gelegenheit, um noch einmal mit Jenny zu sprechen. Die Ereignisse des letzten Tages in Sophias Haus gaben ihr doch zu denken. Jenny dachte angestrengt nach, um sich genau zu erinnern. „Nein, sonst fällt mir nichts ein außer das, was ich dir schon erzählt habe. Ich war auch so aufgeregt, weil ich nicht wusste, was ich zuerst machen sollte." Plötzlich weinte sie wieder. „Ich muss immer noch daran denken. Es war alles so furchtbar."

„Ist schon gut, Jenny, du hast mir sehr geholfen." Jenny beruhigte sich ein wenig. „Ach, übrigens, Theresa, Tommy und ich schreiben uns noch ab und zu. Jedenfalls weiß ich jetzt, wer sein neuer Geschäftspartner ist. Du wirst es kaum glauben, Jörn ist angeblich sein stiller Teilhaber." Staunend sah Theresa Jenny an. „Aha, sieh mal einer an!" Theresa dachte einen Augenblick nach. Dabei sah Jenny sie fragend an. „Was denkst du?" „Es liegt doch auf der Hand, Jörn hat ihm deine Adresse gegeben." „Ja, klar! Er kennt die Adresse von deinen Eltern. Da hätte ich auch selbst drauf kommen können." Jenny ahnte nicht was in Theresa vorging. Theresa konnte sich nun einiges erklären. Von dem Gespräch mit Dr. Howard erzählte sie ihr natürlich nichts, um sie nicht weiter beunruhigen.

Theresas Vater hingegen schäumte fast vor Wut, als er von dem Gespräch mit Dr. Howard erfuhr. Theresas Vermutungen trugen natürlich dazu bei. Axel von Dahlhaus schüttelte wütend den Kopf. Sein Gesicht lief rot an. „Ich habe diesem Halunken nie über den

Weg getraut! Er ist und bleibt ein Nichtsnutz! Ich möchte nur wissen, was meine Schwester an dem gefunden hatte!" „Reg dich nicht auf, Vater, es wird sich schon alles aufklären. Sollte er was damit zu tun haben, wird er zur Verantwortung gezogen! Das schwöre ich dir! Er kommt nicht ungestraft davon! Nächste Woche telefoniere ich noch einmal mit Dr. Howard!.Wir werden der Sache nachgehen!"

In der darauffolgenden Woche war es wie verhext. Theresa wusste vor lauter Arbeit nicht, wo ihr der Kopf stand. Bisher hatte sie noch keine Möglichkeit, in Ruhe mit Dr. Howard zu telefonieren. Nachdem Theresa die letzte Post erledigt hatte, schaute sie auf die Uhr. Nein, überlegte sie kurz, jetzt ist es zu spät. Sicherlich hat er schon Feierabend gemacht. Vielleicht schaffe ich es morgen. Theresa packte ihre Sachen zusammen, um das Büro zu verlassen. Im gleichen Augenblick klingelte das Telefon. Etwas genervt nahm sie den Hörer ab. Theresa erschrak! Diese Stimme am anderen Ende der Leitung erkannte sie sofort.

Es war Jörn Heimann! Im ersten Moment verschlug es ihr fast die Sprache.

Neuntes Kapitel

„Hallo Theresa, hier ist dein alter Freund Jörn! Schön, deine Stimme mal wieder zu hören. Es ist gut, dass du selbst am Apparat bist!" Theresa atmete tief durch und straffte ihre Körperhaltung bevor sie antwortete: „Welch ein Wunder, dass du dich mal meldest! Ich gehe davon aus, du hattest gute Gründe einfach so von der Bildfläche zu verschwinden?" „Aber Theresa, wer wird denn so unfreundlich sein? Wir zwei haben uns doch immer gut verstanden. Zumal wir beide es mit der Wahrheit nicht so genau nehmen. Das sehe ich doch richtig? Oder etwa nicht? Immerhin hüten wir zwei doch ein großes Geheimnis!"

Sein fieses, zynisches Lachen klang an ihr Ohr. Es traf sie wie ein Blitz. Theresa wusste sofort, worauf er anspielte!

„Du solltest mir gegenüber also etwas freundlicher sein. Sonst könnte es für dich sehr unangenehm werden! Ich benötige nämlich dringend deine Hilfe. Leider bin ich momentan in finanziellen Schwierigkeiten."

Theresas Gesicht lief vor Wut rot an. Ihr Herz raste vor Aufregung. Wütend schrie sie in den Hörer: „Es reicht! Das ist doch wohl das Unverschämteste, was ich je gehört habe! Gib es zu, du hast Sophia auf dem Gewissen! Du hast sie in den Tod getrieben! Sei ehrlich, du hast sie bestohlen! Sophia hat es sicherlich bemerkt. Deshalb habt ihr euch so gestritten! Und jetzt hast du auch noch die Frechheit, mich zu erpressen?"

„Liebe Theresa, nun halt mal die Luft an. Was regst du dich denn so auf? Sei doch mal vernünftig! Oder wäre es dir lieber, wenn ich mich mit deinem Mann unterhalte? Wenn du es so haben willst, kein Problem!" Theresa stockte fast der Atem. „Soll das etwa eine Drohung sein?" „Aber nein, meine Liebe, so würde ich es nicht ausdrücken. Nennen wir es lieber so: Ein Schweigegeld! Ich helfe dir und du hilfst mir!"

Angespannt überlegte Theresa, wie sie die Situation retten konnte. Vorsichtig fragte sie: „Was erwartest du von mir?"

Seine Stimme wurde wieder zynisch. „Na, das hört sich schon besser an. Es geht doch! Ich verlange 10.000 Euro! Ich brauche das Geld bis Donnerstag!" Theresa schnappte nach Luft bevor sie antwortete. „Nein, das kann ich nicht, so viel Geld kann ich dir nicht geben! Auf keinen Fall!" Jörn wurde jetzt ungehalten, seine Stimme klang massiver! „Erzähl mir nicht so einen Unsinn! Denk mal darüber nach, du schuldest mir einiges! Du und dein Sohn! Ihr habt mich um ein Vermögen gebracht. Ihr habt euch ganz geschickt Sophias Vermögen unter den Nagel gerissen. Also schlage ich dir vor, das Geld bis Donnerstag zu besorgen! Sonst sieht es schlecht für dich aus, meine Liebe! So und nun kommt mein Angebot! Hör gut zu! In Schleswig Stadt, direkt am Hafen, gegenüber dem Kornspeicher, gibt es ein nettes Restaurant. Sagen wir Donnerstag um 17.00 Uhr in dem kleinen Biergarten. Ich rate dir, unsere Verabredung einzuhalten. Ansonsten bleibt mir leider nichts anderes übrig, als mich mit deinem Mann zu unterhalten!" Theresa zögerte etwas mit ihrer Antwort. In ihrem Kopf drehte sich alles. Doch schließlich sagte sie: „Ich werde darüber nachdenken, sei dir aber nicht so sicher!"

„Ach Theresa", lachte er etwas abfällig! „Vergiss es nicht und sei pünktlich!"

Theresa saß der Schock in allen Gliedern. Mit zittrigen Händen legte sie den Hörer auf. Eilig trank sie ein Glas Wasser, erst jetzt bemerkte sie, wie trocken ihre Kehle war. Momentan war sie nicht imstande, einen klaren Gedanken zu fassen. Erst jetzt begriff sie, welches Ausmaß dieses Telefonat hatte. In diesem Augenblick stürzte alles auf sie ein. Jörn war in der Lage, alles auffliegen zu lassen, ihre Ehe und ihr Familienleben zu zerstören. Das gute Einvernehmen zwischen ihrem Vater und ihrem Schwiegervater wäre gewiss auch vorbei.

Plötzlich sah sie Sebastian vor ihren Augen. Tränen der Verzweiflung liefen ihr übers Gesicht. Theresa dachte nach, wenn sie nicht alles aufs Spiel setzen wollte, war sie Jörn regelrecht ausgeliefert. Ja, er erpresst mich! Bis Donnerstag muss ich 10.000 Euro besorgen, sonst fliegt alles auf! Sollte sie es darauf ankommen lassen? Was dann? Das Risiko konnte sie nicht eingehen. Ein verschwommener Blick auf ihrem Kalender zeigte ihr, heute war Dienstag, also hatte sie nur noch zwei Tage Zeit. Sie sah ein, es blieb ihr nichts anderes übrig, als zu zahlen. Es gab vorläufig keinen anderen Ausweg. Würde Jörn sie nicht trotzdem weiter erpressen? Wer sagte ihr, dass er sie dann in Ruhe ließe? Mit Sicherheit nicht! Darüber war sie sich im Klaren. Je mehr Theresa darüber nachdachte, umso nervöser wurde sie.

Der einzige Ausweg war, Holger alles zu gestehen!

Sofort stieg große Angst in ihr hoch. So einfach konnte sie es sich nicht machen. Würde Holger nicht annehmen, dass sie nur wegen dem Erpresser auf einmal mit der Wahrheit rauskommt? Und nicht aus freien Stücken? Allein die Vorstellung, wenn er auf diese Art und Weise davon erfuhr, löste Panik in ihr aus. Ausgerechnet jetzt, wo sie unter Druck stand, hielt sie es für nötig, ihm reinen Wein einzuschenken. Wie konnte sie nur so weit gehen? Sie hatte sein Vertrauen missbraucht. Richtig schäbig kam sie sich jetzt vor. Die ganzen Jahre hatte sie ihn belogen. Immer wieder erfand sie neue Lügen. Oh nein, das konnte sie ihm nicht antun, damit würde sie alles nur noch schlimmer machen! Theresa sah auf die Uhr, es blieb ihr nichts anderes übrig, sie musste nach Hause. Holger wartete sicher schon auf sie. Schnell packte sie ihre Sachen und fuhr los. Ihre innere Stimme sagte ihr. „Reiß dich zusammen! Lass dir ja nichts anmerken!"

Wie erwartet war Holger auch schon zuhause. Er und Anna-Maria begrüßten sie herzlich. Beide hatten großen Spaß. Voller Stolz erklärte die Kleine: „Mama, wir haben für dich gekocht." Holger sah sie bedauernd an. „Liebes, du siehst ja vollkommen erschöpft aus! Ich werde mal mit Vater reden, wir sollten noch eine Kraft einstellen." Er nahm ihren Kopf in beide Hände und küsste sie auf die Stirn. „Ganz blass bist du. Dann nahm er ihre Hände fürsorglich in die seinen. „Frierst du etwa? Deine Hände sind ganz kalt! Draußen sind doch ganz angenehme Temperaturen. Du wirst uns doch wohl nicht krank werden?" Da meldete sich Anna-Maria: „Papa, die Mama kann doch gar nicht frieren, wir haben doch Sommer!" Theresa zauberte schnell ein Lächeln auf ihr Gesicht. „Ach, mach dir keine Sorgen, es ist alles in Ordnung. Gut, wir hatten heute etwas mehr zu tun, aber halb so schlimm! Erzählt mir lieber, was ihr Schönes gekocht habt! Das riecht ja gut." „Mama, wir haben Spaghetti Bolognese gekocht! Und den Tisch haben wir auch schon gedeckt!" Liebevoll drückte sie ihre Tochter an sich und gab ihr einen dicken Kuss auf die Wange. Stolz führte Anna-Maria ihre Mama ins Esszimmer. „Es gelang Theresa ein erstauntes Lächeln aufzusetzen. „Prima, das habt ihr aber toll gemacht." „Mama, du brauchst dich nur noch hinsetzen, alles ist schon fertig." Während des Essens unterhielten sie sich über Holgers Termine. Holger erwähnte, er müsse noch einmal zum Bauamt. Worauf Theresa entgegnete: „Schatz, übrigens der Termin mit dem Architekten ist am Mittwoch oder Donnerstag. Das hängt von dir ab! Wann du es am besten einrichten kannst. Der Herr Behrens kann an beiden Tagen! Vielleicht rufst du ihn selbst mal an?" „Du, ich habe so viel um die Ohren, sag ihm bitte Donnerstag ab 17 Uhr kann ich es einrichten! Vorher geht es auf keinen Fall, ich muss erst zur Baustelle. Ach, und mittags muss ich unbedingt den neuen Baukran bestellen!" Wie ein Blitz schoss es Theresa durch den Kopf „Donnerstag!", das war das Stichwort. Theresa hörte gar nicht mehr richtig zu.

Also hatte Holger an diesem Tag so viel zu tun, dass ihm ihre Abwesenheit gar nicht auffallen würde. „Anna, was hältst du davon, wenn du Donnerstag bei Oma Clara bleibst? Dann könnte ich Oma Katharina zum Arzt begleiten?" Ihr Gesicht strahlte vor Freude. „Oh fein, Oma und Opa wollen mir nämlich ein großes Planschbecken für den Garten kaufen. Damit ich schwimmen lerne, hat der Opa gesagt!" Fragend sah Holger Theresa an: „Ist etwas mit deiner Mutter?" „Nein, nein! Du weißt schon, die üblichen Frauengeschichten. Alleine wollte sie nicht zum Arzt, da habe ich auch gleich einen Termin für mich mitgemacht. Ich nehme mir dann am Donnerstag frei, vielleicht machen wir danach noch einen Stadtbummel. Das wird ihr bestimmt gefallen." „Prima", rief Anna, „darf ich dann auch bei Oma und Opa schlafen?" Schmunzelnd stimmten Holger und Theresa zu. Unbemerkt holte Theresa tief Luft. Mit Verwunderung stellte sie fest, wie leicht ihr diese Lüge mit ihrer Mutter über die Lippen kam. Morgen würde sie den Termin mit dem Architekten für Holger auf Donnerstag 17 Uhr legen. Und Anna-Maria schlief gern bei Oma und Opa. Das war kein Problem. Deshalb telefonierte sie gleich nach dem Essen mit Clara. Freudig willigte Clara ein. Theresa dachte kurz nach, soweit war schon mal alles geregelt! Also konnte sie Donnerstag zur Bank fahren, um das Geld abzuholen. Dann das unangenehme Treffen mit Jörn. Davor grauste es ihr schon jetzt.

Heute Abend fiel es Theresa schwer, Holger in die Augen zu sehen. Bildete sie es sich ein, oder war Holger heute Abend besonders nett zu ihr? Oder ist es nur mein schlechtes Gewissen? Nachdem sie Anna-Maria zu Bett gebracht hatte, erzählte Holger von seiner Baustelle. Plötzlich stand er auf und kam mit Bauplänen zurück. Stolz breitete er sie aus. „Sieh mal, mein Liebling, könnte dir das so gefallen? Theresa stutzte, es waren die Pläne ihres zukünftigen Hauses. Oft hatten sie darüber gesprochen. Während Theresa sich die Pläne ansah, stellte sie fest, sie sind genauso geworden wie sie es sich vorgestellt hatte. Sogar noch schöner. Damit hatte sie nicht gerechnet. Morgen früh ist nämlich Baubeginn!" „Sag bloß, wir fangen endlich an zu bauen?" „Aber ja, mein Schatz!" „Oh Holger, das ist ja großartig!" Freudig umarmte sie Holger, sie küssten sich leidenschaftlich. Für einen Moment vergaß sie ihre heimlichen Sorgen. Holger holte eine Flasche Champagner aus dem Kühlschrank mit den Worten: „Darauf müssen wir doch anstoßen, oder nicht?" Dieses Grundstück war das Hochzeitsgeschenk ihrer Eltern. Er reichte ihr das Glas: „Erst einmal Prost, mein Liebes, auf unser zukünftiges Heim!" Er strahlte sie förmlich an. „Wir haben sogar schon ausgeschachtet!" „Nein, das glaube ich jetzt nicht!" Schelmisch fügte er hinzu: „Ich habe alle eingeschworen, dir nichts zu verraten, es sollte eine Überraschung sein." „Die ist euch aber gelungen, weder Vater noch Mutter haben mir etwas verraten." Vor Freude bildeten sich Tränen in ihren Augen. Theresas Gefühlswelt geriet total ins Wanken. Sofort fiel ihr diese Bedrohung von Jörn wieder ein. Er war imstande, alles zu zerstören. Alles, was sie sich aufgebaut hatten. Gerade jetzt, wo alles so schön sein könnte. Holger riss sie jäh wieder aus ihren trüben Gedanken. „Freust du dich etwa nicht? Du bist so nachdenklich!" „Aber sicher freue ich mich, mein Schatz, ich habe nur nachgedacht. Wann wir wohl so weit sind, dass wir einziehen können? Ich kann es kaum abwarten." „Wenn alles gut geht, feiern wir Weihnachten in unserem neuen Heim!" „Holger, das wäre ja prima!" An diesem Abend sprachen sie nur noch über die Gestaltung ihres Hauses.

Durch die Vorfreude auf ihr neues Heim gelang es Theresa, sich ab und zu etwas ablenken zu lassen. Später als sie im Bett lag, holten diese trüben Gedanken sie wieder ein. Während Holger selig schlief, lag Theresa noch lange wach. In der Dunkelheit wurde alles nur noch schlimmer. Sie dachte an ihre vielen Lügen, wie alles angefangen hatte. Jörns Erpressung, von welchem Konto sie das Geld nehmen sollte? Oder wäre es besser zur Polizei zu gehen? Das ging auf keinem Fall! Dann käme alles ans Tageslicht. Wäre es besser mit den Eltern darüber zu reden? Was würden sie ihr raten? Das Risiko konnte Theresa nicht eingehen. Sie kannte ihren Vater zu genau. Er würde sofort mit Holger reden! Klar, er ließe sich nicht erpressen! Für Holger würde wahrscheinlich eine Welt zusammenbrechen. Theresa hielt es für besser, den richtigen Zeitpunkt abzuwarten. Feige war sie noch nie, sie nahm sich vor, ihm alles selbst zu beichten. Dann konnten sie in aller Ruhe besprechen, ob er ihr verzeihen würde. Oder im schlimmsten Fall sich direkt trennen. Holger zu verlieren? Nein! Schon der Gedanke allein löste in ihr blankes Entsetzen aus! Ohne Holger zu leben? Das konnte und wollte Theresa sich nicht vorstellen.

Ganz unerwartet kam Holger am nächsten Vormittag ins Büro. Er bestand darauf, Theresa in der Mittagspause mitzunehmen. Stefan schmunzelte vor sich hin, als Theresa sich anfangs weigerte. „Du hast vollkommen recht, sie arbeitet viel zu viel! Ihren Urlaub hat sie dieses Jahr auch noch nicht genommen. Theresa, sei doch mal vernünftig, gönn dir ein paar Tage Urlaub! In vierzehn Tagen, wenn wir unsere Ausstellung haben, musst du wieder hier sein! Dann brauche ich dich wirklich! Frau Henning ist aus dem Urlaub zurück, die kann jetzt mal deine Arbeit übernehmen!" Lachend gab Theresa sich geschlagen. „Gegen euch Mannsleute komme ich eh nicht an! Ihr habt ja recht, ich gebe auf." Sie sah Holger an und meinte neckisch: „Wohin soll es denn gehen, großer Meister?" Geheimnisvoll zwinkerte er ihr zu: „Lass dich überraschen, mein Schatz!" Während Holger fuhr und die Fahrtrichtung einschlug, erahnte Theresa schnell, wohin es ging. Ja, genau die Strecke kannte sie genau. Es war der Weg zu ihren Eltern. Sofort war ihr klar, Holger fuhr sicherlich mit ihr zur Baustelle! Genau so war es. Vor Ort erklärte Holger ihr noch einmal ganz genau, wie ihr zukünftiges Heim aussehen sollte. Die Terrasse zur Sonnenseite, doch da wo sie nur Rasen vermutete, wurde auch gebuddelt. Fragend sah sie Holger an. „Ich denke, da soll überall nur Rasen hin? Was macht ihr da? Was soll das werden?" „Liebling, genau das wollte ich dir zeigen! Das wird unser Swimmingpool!" „Das glaub ich jetzt nicht! Da hast du doch gar nichts von erzählt! Ja, können wir uns das denn leisten?" Übersteigt das nicht unsere Möglichkeiten? Mach dir keine Sorgen, das geht schon in Ordnung. Das ist ein Geschenk meiner Eltern! Unsere Kleine muss doch schwimmen lernen. Außerdem tut es uns auch ganz gut!" Freudestrahlend küsste sie Holger auf die Wange und flüsterte ihm ins Ohr: „Hab ich dir schon einmal gesagt, dass ich dich sehr, sehr lieb habe?" Holger legte den Arm um ihre Schultern und küsste sie auf die Wange. Nach der Baustellenbesichtigung begrüßten sie noch schnell ihre Eltern. Es waren ja nur ein paar Schritte bis zum Haus. Sebastian und Jenny kamen auch gleich angelaufen. Theresa war froh darüber, so konnte sie immerhin Sebastian in ihre Arme schließen. Holger ahnte ja nicht, wie wichtig ihr das war. Mit Axel und Katharina sprachen sie ganz kurz über ihren Bau. Dann mussten sie auch schon wieder los. Gern wäre Theresa länger geblieben. Viel lieber hätte sie ihren Eltern von ihrem heimlichen Kummer erzählt. Die Angst, wie ihr Vater wohl darauf reagieren würde, hielt sie davon ab. Sie kannte ihn nur zu gut. Ohne zu überlegen, würde er sofort kurzen Prozess machen. Dieses Risiko konnte und wollte sie nicht eingehen. Außerdem war sie ja nicht alleine. Schnell warf sie diesen Gedanken beiseite. Vater würde mit Sicherheit eine mittlere Katastrophe auslösen!

Ohne es zu ahnen was in ihr vorging, kam Holger ihr zur Hilfe. Er drängte darauf, dass sie endlich losfuhren. Es war gut so! Bevor sie sich es doch noch anders überlegte. Holger beabsichtigte nämlich, heute Abend mit seiner Frau schick essen zu gehen. Den Tisch in ihrem Lieblingslokal hatte er schon reserviert. Überschwänglich rief er seinen Schwiegereltern beim Abschied zu: „Immerhin haben wir etwas zu feiern!" Axel und Katharina winkten ihnen noch freudig nach. Anschließend holten sie Anna-Maria ab und brachten sie zu Clara, die sie schon freudig erwartete. Holger hatte sie natürlich längst informiert.

Theresa und Holger verbrachten einen sehr harmonischen Abend. Das Essen war wie immer ausgezeichnet. Natürlich unterhielten sie sich größtenteils über ihr zukünftiges Haus. Alfredo, der noch immer unverheiratet war, sah ihnen von weitem voller Bewunderung zu. Nach dem Essen setzte er sich kurz an ihren Tisch. „Wenn man euch beiden zuschaut, kann man gar nicht glauben, dass ihr verheiratet seid. Ihr seht noch genauso verliebt aus wie am ersten Tag!" Lachend fügte er hinzu: „Sag mal, Theresa, hast du nicht noch eine Zwillingsschwester? Die würde ich sofort heiraten!" Mit einem bedauernden Lächeln schüttelte Theresa ihren Kopf. Mit Stolz sah Holger seine Frau an und erwiderte: „Ja, mit meiner Frau habe ich das große Los gezogen, da hast du vollkommen recht!" Dann nahm er kurz ihre Hand und küsste sie voller Hochachtung. Theresa konnte eine leichte Verlegenheit nicht verbergen. „Danke, mein Schatz, nun ist es aber gut! Ich darf dir das Kompliment zurückgeben. Ich hätte keinen besseren Mann finden können." Alfonso leerte sein Glas in einem Zug, dann erklärte er etwas scherzhaft: „Ich gehe jetzt besser, ich kann dieses Elend nicht mehr mit ansehen!" Lachend verabschiedete er sich von den beiden. Theresa und Holger amüsierten sich ein wenig über ihn, mit ein paar tröstenden Worten verabschiedeten auch sie sich.

Auf dem Heimweg stellten beide fest, es war ein wunderschöner Abend. Der, wie sich später herausstellen sollte, auch sehr leidenschaftlich endete. Doch als Holger schon selig schlief, holten die trüben Gedanken Theresa wieder ein. Das Telefonat mit Jörn ging ihr nicht aus dem Kopf. Sie brauchte sehr lange, um endlich in den Schlaf zu kommen.

Am nächsten Morgen schlich Holger sich früh aus dem Bett, um das Frühstück vorzubereiten. Nachdem er alles fertig hatte, weckte er Theresa liebevoll mit einem Kuss. Ganz erschrocken sah sie auf die Uhr, sie konnte gar nicht begreifen, dass sie so lange geschlafen hatte. Sofort fiel ihr ein, dass sie sich die halbe Nacht Gedanken gemacht hatte. Genau, heute hatte sie ja das Treffen mit Jörn! Sie wünschte, der Tag wäre schon vorüber. Es grauste ihr förmlich davor. Theresa bemühte sich während des Frühstücks, sich nichts anmerken zu lassen.

Zehntes Kapitel

Holger war noch nicht ganz aus dem Haus, da überlegte Theresa krampfhaft, von welchem Konto sie den geforderten Betrag abheben konnte, ohne dass es Holger auffiel. Am unauffälligsten wäre sicherlich, wenn ich diesen Betrag von meinem Sparbuch abhebe.

Theresa eilte ins Schlafzimmer, öffnete den kleinen Tresor und nahm das Sparbuch heraus. Darauf befanden sich sechzehntausend Euro, die sie seit längerem angespart hatte. Normalerweise wollte sie dieses Geld für die Einrichtung des neuen Hauses verwenden. Aber was sollte sie machen? Im Augenblick sah sie keine andere Möglichkeit. Schnell räumte sie noch ein wenig das Haus auf und zog sich um. Plötzlich klingelte das Telefon. Es war Helen.

„Theresa, gut dass ich dich erreiche. Ich habe schon bei euch in der Firma angerufen! Da hat man mir gesagt, du hast Urlaub! Was hältst du davon, wenn wir heute einmal einen ausgiebigen Stadtbummel machen?" Theresa dachte kurz nach, sie mochte Helen ja ganz gut leiden, aber ausgerechnet heute! Was sollte sie ihr nur sagen? „Helen, sonst immer sehr gerne, das weißt du! Doch heute geht es gar nicht!" „Och, das ist aber schade, kannst du es nicht doch noch irgendwie einrichten?" „Sei nicht böse, ich habe noch so viel zu erledigen. Außerdem muss ich noch zu meinen Eltern, ich habe es ihnen versprochen! Im Augenblick weiß ich wirklich nicht wo mir der Kopf steht! Ein andermal gerne, was hältst du von nächster Woche?" „O.k. Ich warte auf deinen Anruf und nicht vergessen! Bis bald!" Theresa legte auf und schaute auf die Uhr. Es war schon bald Mittag, sie musste sich beeilen. Sonst kam sie noch zu spät zur Bank. Sie stieg in ihren kleinen Golf und fuhr los. Im Auto überlegte sie, hatte sie auch nichts vergessen? Nein, Sparbuch, Ausweis nur zur Sicherheit, sie hatte alles dabei!

Der Bankangestellte schaute sie zwar etwas prüfend an, zahlte ihr aber dann den Betrag aus. Theresa stecke das Geld in einen großen, weißen Umschlag. Dann packte sie alles in ihre große Handtasche und verschloss sie gut. Als sie in ihrem Wagen saß, holte Theresa erst einmal tief Luft. Das wäre schon mal geschafft, dachte sie, während sie losfuhr. Ihre heimliche Befürchtung, jemanden zu treffen, den sie kannte, war grundlos. Immer wieder dachte Theresa über dieses Treffen nach. Sollte sie sich nicht irgendwie absichern? Aber wie? Was konnte sie machen? Plötzlich sah sie ein Geschäft für Bürobedarf, da kam ihr ein Gedanke! Theresa fuhr rechts ran und parkte ihren Wagen. Was war, wenn sie sich ein Diktiergerät kaufte? Ja, das war die Idee! Dann konnte sie das Gespräch mit Jörn heimlich aufnehmen. Sie musste es nur geschickt anstellen. Theresa wählte ein kleines Gerät aus, was einfach zu bedienen war. Triumphierend verließ sie das Geschäft. Fast wäre sie mit Helen zusammen- gestoßen. Beide lachten herzhaft. Wobei Helen ganz entgeistert rief: „Wo kommst du denn auf einmal her? Ich dachte du hast so viel zu tun?" „Hab ich ja auch, ich bin in Eile, gerade musste ich nur schnell etwas für Holger besorgen!" „Das nenne ich Glück.", meinte Helen „Ich wollte gerade schnell einen Kaffee trinken gehen! Komm einfach mit, Theresa, jetzt lass dich nicht so lange bitten! So viel Zeit muss sein! Das wirst du deiner alten Freundin doch wohl nicht abschlagen?" „Na gut, du alter Quälgeist, aber allzu viel Zeit habe ich nicht"

Der erste Schluck von diesem Kaffee tat Theresa richtig gut, den konnte sie wirklich gerade gebrauchen. Um ihre Anspannung zu verbergen, eröffnete sie das Gespräch mit den Worten: „Helen, wie geht es dir und deinem Lars? Erzähl mal, was gibt es Neues?" „Bei uns läuft alles rund. Lars hilft meinem Vater öfter an den Wochenenden, damit die neue Scheune endlich fertig wird. Ab und zu ist er ganz schön genervt. Du kennst ja meinen Vater, dem geht das alles nicht schnell genug." Theresa schmunzelte zustimmend. „Das denke ich mir." „Meistens mache ich dann einen Spaziergang über die Felder. So wie früher. Wenn ich dann aber bei deiner Mutter ankomme, ist alles zu spät", fügte sie lachend hinzu. Die verwöhnt mich immer mit ihrem leckeren Apfelkuchen. Ich kann da einfach nicht widerstehen! Sieh dir das an!", sie wies dabei auf ihre Taille. „Ich habe ganz schön zugenommen! Mir passt schon fast nichts mehr!"

Aber jetzt mal was anderes. „Was habe ich gehört? Meine Mutter hat mir erzählt, ihr seid schon mit eurem Bau angefangen?" Freudig erzählte Theresa, dass Holger sie damit überrascht habe. „Ach, Theresa, ich beneide dich. Wenn ich es mir recht überlege, würde ich auch gerne wieder aufs Land ziehen. Als ich letztens mit meinen Eltern darüber sprach, waren sie sofort Feuer und Flamme. Das Grundstück würden sie uns sofort zur Verfügung stellen. Nur Lars zögert noch!" „Aber Helen, das wäre doch prima! Wir könnten öfter zusammen sein und wir wären dann fast Nachbarn! So wie früher!" Hoffnungsvoll sah Helen Theresa an. „Du und Holger müsstet mir helfen, Lars zu überzeugen! Was hältst du davon?" Theresa schaute erschrocken auf die Uhr. „Das ist eine gute Idee, das machen wir! Aber sei mir bitte nicht böse, es ist schon spät, ich muss jetzt los." Helen lächelte ihr zu, „Hau schon ab, der Kaffee geht auf meine Rechnung!" Theresa schaffte es so gerade noch, ihr im Hinausgehen einen Kuss zuzuwerfen. Wobei sie ihre Handtasche fest im Griff hatte.

Eilig setzte sie sich in ihren Wagen und fuhr in Richtung Schleswig. Sie überlegte, so sechzig Kilometer würden es sein. Also knapp eine Stunde Fahrtzeit. Ihr Handy hatte sie vorsichtshalber ausgeschaltet, damit sie ungestört war. Wenn sie Glück hatte, kam sie noch pünktlich an! Sie hatte noch schwach in Erinnerung, wo dieser sogenannte Kornspeicher war. Dort war sie einmal mit Holger, Lars und Helen zum Essen. Der „Kornspeicher" war ein schickes Restaurant. Er befand sich direkt an der Schlei. Aber Jörn meinte ja gegenüber. Richtig, dort war auch noch ein Speiselokal, sogar mit Biergarten. Theresa wechselte die Fahrspur und hätte bald einen anderen Wagen übersehen. Das fehlte ihr noch! Gerade noch einmal gut gegangen, dachte sie. Ich sollte wirklich etwas vorsichtiger zu sein. Nervosität und Wut stieg in ihr auf. Endlich war sie am Ziel. Theresa parkte ihren Wagen auf dem großen Parkplatz, auf dem die Boote verladen wurden. Dann ging sie über die Straße zum Restaurant. Direkt am Törchen konnte sie in den Biergarten schauen. Da saß Jörn, ganz hinten an einem Tisch in der Ecke. Als wenn er nicht gestört werden wollte. Damit ja kein Gast auf die Idee kam, sich zu ihm zu setzen, hielt er ein Buch in der Hand. Sein Erscheinungsbild wirkte wider Erwarten gepflegt.

Die Begrüßung fiel sehr reserviert aus. Theresa sah Jörn mit ernster Miene an. Ihre Handtasche legte sie unbemerkt auf den Stuhl neben sich. Ihren leichten Schal obendrauf. Unter ihrem Schal befand sich das eingeschaltete Diktiergerät. Als sie Platz nahm, sagte Jörn: „Es ist gut, dass du gekommen bist, es zeigt mir doch, dass du vernünftig bist!" Theresa atmete tief durch vor lauter Wut. Dann sprudelte es aus ihr heraus; „Ich will dir mal was sagen, du kannst froh sein, dass ich dich nicht anzeige! Du weißt hoffentlich, welche Strafe auf Erpressung steht? Außerdem bin ich davon überzeugt, dass du Sophia umgebracht hast!" Jetzt wurde Theresa lauter. Jörn schaute vorsichtig zu den anderen Gästen. Wütend fauchte Theresa: „Jawohl, du hast sie auf dem Gewissen! Streite es bloß nicht ab! Obendrein hast du sie noch bestohlen! Also kommt Diebstahl auch noch hinzu! Was glaubst du wohl, was die Polizei dazu sagen wird?" „Bleib ruhig, Theresa, es ist nicht erforderlich, dass wir hier Aufsehen erregen, oder? Denn wenn ich richtig laut werde, könnte es recht unangenehm für dich werden! Sieh mal, du musst dich einmal in meine Lage versetzen. Wenn du nicht aufgetaucht wärst, hätte es niemals Probleme gegeben. Sophia und ich haben uns immer gut verstanden. Sie wollte mich als ihren Erben einsetzen!" Theresa schüttelte mit einem zynischen Lächeln ihren Kopf. Zornig erwiderte Jörn: „Jawohl, aus Dankbarkeit! Ob du es glaubst oder nicht! Ich habe ihr alles beigebracht! Ohne mich wäre sie nie so weit gekommen. Klar hatte sie ein gewisses Talent, aber nur durch mich und meine guten Beziehungen ist sie so berühmt geworden! Sie hat immer behauptet, dass ihre Familie sie verstoßen hat! Oft genug hat sie gesagt: „Mein Bruder hat selbst genug Geld, der braucht meines nicht!" Und dann kommst du und machst alles kaputt! Es ist es doch nur gerecht, wenn ich auf diese Art und Weise meinen Teil einfordere!" „Also ging es dir nur ums Geld?" „Wobei wir beim Thema sind, liebe Theresa. Hast du das Geld mitgebracht?" Im gleichen Augenblick kam der Kellner und brachte das Wasser, das sie bestellt hatte. Jörn war abgelenkt. Vorsichtig legte sie die Hand auf ihren Schal, damit das Diktiergerät nicht verrutscht. Mit der anderen Hand zog sie den Umschlag aus der Tasche und warf ihn wütend über den Tisch.

Nachdem der Kellner wieder weg war, schaute er kurz in den Umschlag und grinste leicht. Theresa schüttelte fassungslos den Kopf. Tränen der Wut und Verzweiflung standen in ihren Augen. „Was bist du doch für ein Ekel! Nur wegen des Geldes hast du sie einfach so sterben lassen! Eines kann ich dir versichern, ich rede in den nächsten Tagen mit meinem Mann. Ich werde ihm die Wahrheit sagen! Du wirst mich nie wieder erpressen!" Sie trank ihr Glas in einem Zug leer. Packte ihren Schal mitsamt dem Diktiergerät und ihrer Tasche und stand auf. Wütend und mit entschlossenem Blick zischte sie: „Ich sage dir, komm mir ja nie wieder unter die Augen, sonst passiert ein Unglück!" Wütend und eilig verließ sie den Biergarten!

Was Theresa nicht ahnen konnte, Holger war nach dem Termin bezüglich des Baukrans noch einmal an der Baustelle. Er überlegte kurz, eine Tasse Kaffee würde ihm jetzt gut tun. Also fahr ich doch mal zum Axel. Der freut sich bestimmt! Gerade heute, wo die Damen unterwegs sind. Holger staunte nicht schlecht, als Katharina ihm die Tür öffnete und ihn herzlich begrüßte. Überraschend fragte sie auch noch: „Hast du Theresa nicht mitgebracht?" Holger antwortete. „Nein, nein. Theresa hatte noch zu tun. Ich kann auch nicht lange bleiben und wollte nur kurz auf einen Kaffee hereinkommen. Sofort kochte Katharina einen frischen Kaffee und stellte ihren Marmorkuchen auf den Tisch. Sie mochte ihren Schwiegersohn gut leiden, er war der Richtige für Theresa, davon war sie überzeugt! Aber seltsamerweise, wenn sie mit ihm alleine zusammen saß, war sie innerlich verkrampft. Sie wusste genau warum, es war ihr schlechtes Gewissen. Holger sah seine Schwiegermutter etwas prüfend an. „Geht es dir gut?" Katharina fühlte sich ertappt! „Aber ja, warum fragst du?" „Du siehst etwas angespannt aus." „Ach, ich habe vorhin mit Sebastian Hausaufgaben gemacht. Das strengt ganz schön an! In unserem Alter muss man da ganz schön überlegen." Belustigt fügte sie hinzu: „Manchmal meine ich, da kommt unsereins, gar nicht mehr mit!" Doch Holger hörte gar nicht richtig zu, seine Gedanken waren ganz woanders. Theresa hatte sich doch den heutigen Tag extra frei gehalten, um mit ihrer Mutter zum Arzt zu gehen? Kann es sein, dass sie ihn belogen hat? So etwas war doch gar nicht ihre Art? Hatte sie es nötig, ihn zu belügen? Blödsinn, dachte er, sofort verwarf er diesen Gedanken wieder und redete sich ein: Es wird sich schon aufklären!

Während des Abendessens erzählte Holger von seinem anstrengenden Tag. So ganz nebenbei fragte er Theresa: „Und wie war dein Tag? Was sagt der Arzt? Ist mit deiner Mutter alles in Ordnung?" Aus dieser Frage entnahm Theresa, dass ihre Befürchtungen ganz umsonst waren. Denn auf dem Rückweg machte sie sich nämlich Sorgen. Was wäre wenn Holger zufällig bei ihren Eltern vorbeischauen würde?

Lapidar und erleichtert antwortet sie: „ Ja, es ist alles in Ordnung, es war ja auch nur eine Routineuntersuchung!" Holger überlegte, sollte er ihr sagen, dass er bei ihren Eltern war? Nein! Aber warum log sie ihn an? Da stimmt doch etwas nicht! Ganz geschickt versuchte er es noch einmal. „Wie war denn euer Einkaufsbummel? Hast du etwas Schönes gefunden?" „Nein, mir gefiel nichts so richtig, nur Mutter hat sich eine schöne Bluse gekauft. Im gleichen Moment griff Theresa etwas fahrig zu ihrem Weinglas und stieß es um. Ihre Nervosität ist nicht zu übersehen, dachte Holger.

Er wechselte das Thema, um ihr aus der Verlegenheit zu helfen. „Hast du für Anna-Marias Einschulung diese Woche schon alles organisiert?" „Aber ja, mein Schatz! Was denkst du von mir? Die Zuckertüte steht schon parat, den Tornister bekommt sie ja von deinen Eltern! Am Nachmittag kommen deine und meine Eltern zum Kaffee. Sebastian und Jenny kommen auch mit." „Da wird unsere Kleine sich aber freuen, sie mag ja den Sebastian." „Ich habe zwei wunderschöne Torten bestellt! Mein Vorschlag wäre, wenn wir gegen Abend etwas grillen?" „Das ist eine gute Idee! Ich besorge das Fleisch!"

Anna-Marias Einschulung verlief planmäßig, es war ein wunderschöner Tag. Alle waren sehr zufrieden. Die Kinder spielten im Garten mit Seifenblasen, die Theresa besorgt hatte. Ganz nebenbei erfuhr Theresa von Jenny, dass sie in Carsten verliebt sei. Sicherlich war das auch der Grund, weshalb sie solche Fortschritte machte. Mit Wehmut beobachtete Theresa, dass sich Sebastian in ihrem Hause nicht so frei bewegte wie Anna-Maria. Sondern eher wie ein Besucher! Während des Kaffeetrinkens sprach Clara kurz Katharinas Arztbesuch an. Das wurde etwas peinlich. Katharina reagierte ganz erstaunt. Sofort griff Theresa ein, um alles zu retten. „Aber Mama, Clara meint doch nur die Routineuntersuchung, die du neulich hattest. Du weißt schon als wir beide beim Frauenarzt waren" Katharina brauchte etwas länger um zu begreifen. Holger beobachtete Theresa und Katharina genau. Schnell wechselte Theresa das Thema und bat Holger, Fotos zu machen. Später wurde noch gegrillt und keiner dachte mehr an die peinliche Situation, außer Holger, sie begleitete ihn noch bis in den Schlaf. Warum lügt Theresa mich an?

Ein paar Tage später ging Theresa voller Zuversicht wieder an ihre Arbeit. In der Hoffnung von Jörn nichts mehr zu hören, rief sie Dr. Howard an. Er berichtete ihr: „Der Verkauf des Hauses ist inzwischen erfolgreich abgewickelt. Auch die geschäftlichen Angelegenheiten Ihrer Tante sind alle erledigt. Herr Jörn Heimann hat sich aufgrund meiner Benachrichtigung auch bei mir eingefunden. Selbstverständlich nur, um die 10.000 Pfund, die Ihre Tante ihm vererbt hat, abzuholen! Den Verdacht des Diebstahles konnten wir ihm ja nicht nachweisen! Es steht Ihnen also als frei, Jörn Heimann wegen Diebstahls anzuzeigen, oder auch nicht!" „Soll dieser Mensch doch glücklich werden mit dem Geld. Ich habe ihn aus meinem Leben gestrichen! Glauben Sie mir, Herr Dr. Howard, wir sind froh, wenn wir nichts mehr von ihm hören!" „In Ordnung, dann werde ich die Beträge auf das mir angegebene Treuhandkonto überweisen. Alle detaillierten Rechnungsbelege sende ich Ihnen zu!" „Vielen lieben Dank für Ihre Bemühungen, Herr Dr. Howard, das werde ich Ihnen nie vergessen!" Während Theresa auflegte, stieg eine heimliche Wut in ihr auf. Dieser Jörn ist doch wohl ein richtiger Verbrecher, dachte sie. Kurz darauf stürmte Stefan in ihr Büro. „Theresa, hast du schon die Werbung in der Tageszeitung für unsere Ausstellung rausgeschickt?" „Vater, mach dir keine Sorgen, es ist alles erledigt! Ich habe sogar Sonderpreise bekommen. Zusätzlich haben wir noch Flyer erstellt, die auch auf der Messe verteilt werden." „Oh, das ist eine gute Idee, die hätte von mir sein können", lachte er. „Wenn ich dich nicht hätte, mein Kind, gut das du mitdenkst!" Stefan war noch nicht ganz draußen, da kam Holger zu ihr ins Büro. „Vater ist schon ganz nervös, er macht uns alle verrückt! Ich bin davon überzeugt, die Hausausstellung wird ein großer Erfolg! Wir sind heute Morgen mit den letzten Vorbereitungen fertig geworden. Also am Wochenende müssen wir alle präsent sein."

Wie erwartet gab es einen großen Besucherstrom. Alle Mitarbeiter wurden mit eingespannt. Am Eingang des Ausstellungsgeländes standen hohe Fahnenmasten. In großen Lettern war zu lesen: *Fertighausbau Ahrens*!

Elftes Kapitel

Clara kam wie immer elegant gekleidet mit Anna-Maria. Theresas Eltern, Sebastian und Jenny waren natürlich auch erschienen. Nach der allgemeinen Begrüßung nutzte Clara die Gelegenheit und lud alle für Montag zum Abendessen ein, da sie ihren vierundsechzigsten Geburtstag nur im kleinen Familienkreis feiern wollte. Sebastian und Anna-Maria gingen natürlich erst einmal auf Entdeckungsreise. Jenny hatte Mühe, ihnen zu folgen.

Auf dem Ausstellungsgelände gab es einen Getränkestand, einen Würstchenstand und sogar eine Hüpfburg für Kinder. Selbst Kaffee und Kuchen sowie Eis konnte man kaufen. Auch Lose wurden verkauft. Wenn man Glück hatte, konnte man einen Rasenmäher gewinnen. Theresa und auch Holger führten viele Kundengespräche. Für ernsthafte Interessenten gab es selbstverständlich ein Gläschen Sekt. Darum kümmerte sich Stefan mit seiner Mitarbeiterin Frau Henning natürlich persönlich. Für ganz besondere Besucher sowie für Axel gab es auch ganz heimlich einen Cognac, den er gut unter Verschluss hielt. Während Theresa sich eine kurze Verschnaufpause gönnte und schnell einen Kaffee im Stehen trank, blickte sie zufrieden übers Gelände. Plötzlich glaubte sie, ihr Herz bleibe stehen! Zwischen den vielen Leuten sah sie auf einmal Jörn! Ein Zittern machte sich in ihrem ganzen Körper breit. Was will der hier? Was soll das? Sie musste etwas machen, aber was? Wenn Vater ihn sieht und ihn erkennt! Nicht auszudenken, was dann passiert! Oder Sebastian und Jenny! Sebastian würde vielleicht noch freudig auf ihn zulaufen! Das musste sie um jeden Preis verhindern! Theresa teilte Holger kurz mit, dass sie schnell mal zur Toilette wollte. Ihm fiel auf, dass sie sehr hektisch war. Darum meinte er: „Keine Hektik, mein Schatz, lass dir ruhig Zeit, hier läuft doch alles bestens!" Als sie sich unbeobachtet fühlte, ging sie geradewegs auf Jörn zu.

Aufgewühlt und wütend zischte sie ihn an: „Was willst du hier? Verschwinde sofort!" Jörn sah sie von oben herab und ironisch lächelnd an. „Aber, aber, wer wird denn gleich so unfreundlich sein. Ich schau mir doch nur die schönen Musterhäuser an. Ihr müsst ja ganz gut verdienen! Ach, Theresa, bei dieser Gelegenheit könnte ich mich ja gleich mal mit deinem Mann unterhalten. Was hältst du davon?" Theresa blieb vor Schreck fast die Luft weg. „Wage es nicht, ich schwöre dir, du würdest es bereuen!" Theresa schäumte fast vor Wut! „Allerdings, wenn ich es mir recht überlege, können wir uns auch ganz anders einigen. Ich mache dir ein faires Angebot. Du zahlst mir 100.000 Euro und du siehst mich nie wieder! Für Sophias Anwesen hast du doch wenigsten 700.000 Euro kassiert. Soviel ich weiß sprach sie auch von Wertpapieren. Und das Geschäftskonto wird auch nicht gerade wenig gewesen sein. Also dürfte es dir nicht allzu schwer fallen, diese Summe locker zu machen! Sagen wir Montagnachmittag so um 16 Uhr, gleicher Treffpunkt!" Theresa schnappte nach Luft!

Dieser Mensch wurde ja immer unverschämter! Wütend fauchte sie ihn an: „Das eine sage ich dir, nie und nimmer bekommst du von mir 100.000 Euro! Eher zeige ich dich an und erzähle meinem Mann die ganze Wahrheit! Und nun mach, dass du hier verschwindest, sonst rufe ich die Polizei!" „Überlege dir gut, was du tust, Theresa!" Dabei hob er den Kopf und sah sie prüfend an. „Sonst bin ich gezwungen, zu anderen Mittel zu greifen!" Warnend sah sie ihn an! Haben deine Drogen dich jetzt ganz um den Verstand gebracht? „Soll das etwa eine Drohung sein? Du bist wohl wahnsinnig geworden!" Dann drehte sie sich um und ging, ohne seine Reaktion abzuwarten.

Weder Theresa noch Jörn bemerkten, dass sie zwischenzeitlich von Holger beobachtet wurden. Er kam zufällig aus einem der Musterhäuser, um neue Flyer zu besorgen. Da entdeckte er Theresa, wie sie heftig mit einem ihm Unbekannten diskutierte. Etwas stutzig blieb er stehen. Wer war das? Diesen Menschen hatte er noch nie gesehen. Theresa stritt sich offensichtlich ziemlich heftig mit ihm.

Ein Interessent konnte es nicht sein, dazu diskutierten sie zu heftig. Gerade hatte er sich entschlossen, dazwischen zu gehen, doch im selben Moment wendete Theresa sich von dem Mann ab und kam zurück. Sie wirkte ziemlich aufgelöst. Ihr Gesicht war geradezu kalkweiß. „Schatz, was ist los mit dir?", fragte Holger sofort, du siehst aus, als hättest du einen Geist gesehen!" Nachdem sie gar nicht reagierte, sondern fast abwesend war, fragte er noch einmal: „Schatz, was ist los mit dir? Ist etwas passiert? Wer war der Mann, hat er dich belästigt?" Holger fing an, sich ernsthafte Sorgen zu machen. Theresa brauchte einige Zeit, um sich darauf zu konzentrieren, was Holger sagte. Doch dann fing sie sich schnell wieder, bevor sie ziemlich schroff antwortete: „Es war gar nichts, der hatte sicherlich zu viel getrunken und machte unsere Häuser schlecht! Vielleicht war er von der Konkurrenz!" Das kaufte Holger ihr nicht ganz ab, zumal sie den Rest des Tages mehr als zerstreut war.

Die darauffolgende Nacht verbrachte Theresa wie so oft sehr unruhig. Holger bemerkte es, da es ihm nicht viel besser ging. Am nächsten Morgen ließ er sich nichts anmerken, sondern verhielt sich ganz neutral. Blass und übernächtigt sah Theresa aus. Was verheimlichte sie bloß vor ihm? Gab es einen anderen Mann in ihrem Leben? Langsam kamen ihm Zweifel. Sollte er sie darauf ansprechen? Oder wäre es besser abzuwarten, bis sie von selber kommt? Holger entschloss sich, abzuwarten und sie zu beobachten.

Ihre Kundengespräche am nächsten Tag fielen sehr unvollständig aus. Dieses entging auch Holger nicht. Was ist nur los mit ihr, dachte er? Sie ist sehr unkonzentriert, ihm blieb nichts anderes übrig, als ab und zu in die Gespräche einzugreifen. Nach einem langen Arbeitstag startete Holger noch einmal den Versuch, an Theresa heranzukommen. Er stand vor ihr und hielt sie liebevoll an ihren Schultern fest. Dabei schaute er ihr tief in die Augen, als suche er darin nach der Wahrheit. Theresa versuchte ständig, seinem Blick auszuweichen. „Schatz, was ist denn nur los? Irgendetwas stimmt doch nicht mit dir! Ich möchte dir so gerne helfen! Verstehst du das nicht?" Dabei schloss er sie ganz liebevoll in seine Arme. „Hast du etwa kein Vertrauen mehr zu mir?" Theresas Herz pochte jetzt so laut, dass sie fürchtete, er könne es hören. Jetzt legte er seine Lippen auf die ihren und küsste sie zärtlich. Langsam und unaufhaltsam rannen Tränen des Bedauerns aus ihren Augen. Ganz im Innern schrie ihr Herz: „Holger verzeih mir, ich liebe dich doch so sehr!" Für einen Augenblick kam Theresa in Versuchung, ihm alles zu gestehen. Nur die Angst, wie er reagieren könnte und die Müdigkeit hielten sie davon ab. „Sei mir nicht böse Holger, ich bin noch nicht so weit. Gib mir bitte noch ein paar Tage Zeit." Enttäuscht und traurig zog Holger sich zurück. Wie erwartet fand Theresa auch in der folgenden Nacht wenig Schlaf. Schlagartig erkannte sie, dass sie sich in eine Situation gebracht hatte, aus der sie ohne Hilfe nicht mehr herauskommen würde. Der einzige Ausweg, den sie sah, waren ihre Eltern. Ohne deren Hilfe wusste sie nicht mehr weiter.

Anna-Maria wunderte sich beim Frühstück, dass ihre Eltern so ruhig waren. Deshalb brabbelte sie einfach fröhlich drauf los. Freudig und ganz stolz zeigte sie ihren Eltern das Bild, welches sie für ihre Oma Clara vor einigen Tagen gemalt hatte. Holger beobachtete seine Frau heimlich aus den Augenwinkeln. Irgendwie schien sie gar nicht so richtig bei der Sache zu sein. Um die Situation zu überspielen, sprach er vom Geburtstag seiner Mutter. „Schatz, das mit dem Wellness-Wochenende war wirklich eine gute Idee von dir. Darüber wird sie sich bestimmt freuen." „Ja, das glaube ich auch", erwiderte Theresa beiläufig. Erst in dem Augenblick wurde ihr bewusst, stimmt ja, Claras Geburtstag ist ja heute und nicht morgen. Deshalb holte Anna das Bild hervor. Wo hab ich nur meine Gedanken? Gut, dass das Hotel mir den Wellness-Gutschein zugeschickt hat. Ich hätte es glatt vergessen! So ganz nebenbei fragte sie Holger: „Wann sollten wir noch einmal zum Abendessen da sein?" „Soviel ich weiß um 19.00 Uhr, ich bin dann spätestens um 18.30 Uhr zuhause." „Wenn ich die Kleine zur Schule gebracht habe, fahre ich rasch zu meinen Eltern, ich bin aber mittags wieder zurück." Jetzt meldete sich Anna-Maria zu Wort. Geheimnisvoll verkündete sie: „Ich weiß aber, was der Opa der Oma zum Geburtstag schenkt! Wenn ihr ganz lieb seid, verrate ich es euch." Verschmitzt drehte sie mit ihren Fingern in ihren Locken herum. Holger täuschte große Neugierde vor, als er fragte: „Sind wir denn nicht ganz lieb?" „Nur wenn ihr erlaubt, dass ich mit Opa heute Nachmittag in die Stadt gehen darf. Wir wollen nämlich Omas Geschenk abholen!" Wie aus einem Munde antworteten beide gleichzeitig: „Versprochen!" Geheimnisvoll flüsterte sie: „Wir haben ihr eine schöne glitzernde Kette ausgesucht. So eine wie meine Puppe hat, Mama du weißt schon! Aber ihr dürft es nicht verraten!" Während Holger sein Sakko anzog und nach seinen Autoschlüsseln griff, konnte er sich ein leichtes Grinsen nicht verkneifen. „Keine Sorge, wir verraten nichts, mein Schatz!" Etwas hektisch küsste er noch Theresa und Anna-Maria auf die Wange, doch seine Gedanken waren ganz woanders.

Während Holger das Haus verließ, telefonierte Theresa schon mit Stefan, um mit ihm abzustimmen, wann er Anna-Maria abholt. „Das Beste wäre, ich hole sie direkt von der Schule ab, wenn du nichts dagegen hast?" „Vergiss bitte nicht, sie muss doch noch ihre Hausaufgaben machen." „Keine Sorge, die mache ich gerne mit ihr!" Anna-Maria hüpfte schon vor Freude hin und her.

Theresa brachte ihre Tochter zur Schule und machte sich sofort auf den Weg zu ihren Eltern. Unterwegs sah Theresa einen gelben Mercedes, ein etwas älteres Modell, im Rückspiegel, maß ihm aber keine Bedeutung zu. Erst als sie abgebogen war, entdeckte sie diesen Wagen wieder im Spiegel. Jetzt wurde sie stutzig. War das nicht derselbe Wagen, den ich vorhin schon immer im Rückspiegel gesehen hatte? Verfolgt der mich etwa? Den Fahrer konnte sie nicht erkennen, er trug eine Sonnenbrille. Ach, Unsinn dachte sie. Ein kurzer Blick in den Spiegel reichte ihr, um sie vom Gegenteil zu überzeugen. Zwischenzeitlich befanden sich nämlich einige andere Autos hinter ihr. Dieser Mercedes lag jetzt weit zurück. Jetzt leide ich schon langsam an Verfolgungswahn! Endlich angekommen, parkte Theresa ihren Wagen direkt vor dem Haus. Mit Erleichterung nahm sie zur Kenntnis, dass ihre Eltern alleine im Haus waren.

Jenny befand sich in der Stadt beim Einkaufen und Sebastian in der Schule. So konnten sie wenigstens in Ruhe reden. Ohne Umschweife berichtete Theresa, was passiert war. Axel von Dahlhaus und Katharina hörten ihr gespannt zu, ohne sie zu unterbrechen. Als Theresa fertig war, schäumte Axel vor Wut. „Warum bist du nicht sofort zu uns gekommen?" „Vater, ich wollte euch da raushalten! Ich dachte, ich kann das alleine regeln!" „Aber Kind, man lässt sich doch nicht erpressen! So einer hört doch nie damit auf!" Theresa schüttelte vor Verzweiflung immer wieder ihren Kopf und stützte ihn in beide Hände. Weinend fuhr sie fort: „Vater, ich habe doch geglaubt, er lässt mich dann in Ruhe!" Die Zornesröte stand ihm im Gesicht, wütend rief er: „Dieser Halunke, dieser Verbrecher, ich habe dem nie getraut! Wir sollten sofort die Polizei rufen!" Wutentbrannt rannte er hin und her! Er riss den Schrank auf und schüttete sich einen Schnaps zur Beruhigung ein. Wie ein wildes Tier rannte er auf und ab durchs Zimmer. Aufgeregt forderte Katharina ihn immer wieder auf, doch die Ruhe zu bewahren. „Du bekommst noch einen Herzinfarkt! Damit ist auch keinem geholfen! Wir müssen jetzt einen kühlen Kopf behalten und überlegen was zu tun ist! Dieser Mensch ist zu allem fähig, nachher tut er Theresa noch etwas an!" Zornig rief er: „So einer gehört hinter Gittern!" Dieses Treffen ignorierst du einfach. Und lass dich auf nichts mehr ein! Im Innersten machte er sich die größten Vorwürfe. Es war seine Schuld, immerhin hatte er Theresa zur Lüge angestiftet. Axel fühlte sich verpflichtet, seiner Tochter aus dem Schlamassel zu helfen. Das war er ihr jedenfalls schuldig! Immerhin hatte er ihr damals versprochen, wenn es soweit kommt, mit Holger zu reden. Ist jetzt der richtige Zeitpunkt gekommen? Oder sollten die zwei sich erst einmal alleine unterhalten? „Theresa, was hältst du davon, wenn ich mit Holger rede? Es hat keinen Zweck, er muss jetzt die ganze Wahrheit erfahren!" „Wahrscheinlich hast du recht, Vater, aber lass mir noch ein paar Tage Zeit. Ich möchte erst mit ihm alleine reden, glaube mir, es ist besser so!" Katharina stimmte ihr mit einem kummervollen Gesicht zu. „Das verstehe ich!" Beunruhigt warnte Axel sie noch: „Aber sollte dieser Halunke sich noch einmal bei dir melden, ruf mich bitte sofort an! Unternimm nichts alleine! Lass dich auf nichts mehr ein und vor allen Dingen: gib ihm kein Geld mehr!" Dann klopfte es an der Tür und Jenny trat ein. Theresa gab ihren Eltern ein Zeichen und sie wechselten das Thema. Jenny erzählte unter anderem von ihrem gestrigen Kinobesuch. Wobei sie ganz nebenbei, leicht verlegen erwähnte, dass Carsten sie nach Hause gefahren hatte. „Aber etwas war komisch gestern Abend. An dem kleinen Weg hinter den Rhododendronbüschen stand ein Auto. Soweit ich erkennen konnte saß aber niemand darin! Carsten scherzte noch und meinte: „ Na, hast du vielleicht noch einen heimlichen Verehrer, der hier rumschleicht?" Heute Morgen habe ich extra noch mal nachgesehen, doch der Wagen war nicht mehr da. Nachher fiel mir ein, den Wagen habe ich hier schon einmal gesehen, vielleicht war es ja auch nur jemand aus der Nachbarschaft!"

Axel der aufmerksam zuhörte, hakte gleich nach. „Was war das denn für ein Wagen?" „Ich erinnere mich genau, so ein älteres Modell, es war ein gelber Mercedes." Axel überlegte kurz. „So einen Wagen gibt es hier in der Nachbarschaft nicht." Sofort fiel Theresa der Wagen, den sie heute im Rückspiegel sah, wieder ein. Das war auch ein gelber Mercedes! Wütend dachte sie, das könnte Jörn gewesen sein. Will er jetzt meine Familie verunsichern? Sie hütete sich aber davor, es laut auszusprechen, um ihre Eltern nicht noch mehr zu beunruhigen. Als Jenny den Raum wieder verlassen hatte, wirkte Katharina sehr nachdenklich. „Wenn ich ehrlich bin, fällt mir der heutige Besuch bei Clara noch schwerer als sonst." Traurig richtete sie ihren Blick auf Theresa und Axel. „Ich halte das nicht mehr aus. Es sind so nette Leute, wir müssen ihnen endlich die Wahrheit sagen! Ich kann das mit meinem Gewissen nicht mehr vereinbaren!" Axel sah seine Frau an. „Du hast ja recht, Katharina, ich habe mir auch Gedanken gemacht. Soweit durften wir es nicht kommen lassen. Ich werde einen Weg finden!" Theresa bat ihren Vater inständig: „Aber nicht heute, lasst euch bitte, bitte nichts anmerken, wir dürfen Clara doch nicht ihren Geburtstag verderben! Nur das eine Mal noch, das verspreche ich euch, dann rede ich mit Holger. Seid mir nicht böse, aber ich muss jetzt los, wir sehen uns heute Abend bei Clara!"

Zwölftes Kapitel

Inzwischen hatte sie längst beschlossen, doch zu dem Treffen um 16 Uhr zu fahren. Theresa nahm sich vor, ihm die Meinung zu sagen. Er sollte sich gefälligst von ihrer Familie fernhalten!

Aufgewühlt wie sie war, setzte sie sich in ihren Wagen und fuhr eilig nach Hause. Bei ihrer Ankunft erschrak sie für einen Augenblick, Holgers Auto stand vor der Garage! Damit hatte sie nicht gerechnet!

Theresa konnte ja nicht ahnen, dass Holger, nachdem sie heute Morgen das Haus verlassen hatte, noch einmal zurückgekommen war.

Es ließ ihm nämlich keine Ruhe mehr. Die halbe Nacht grübelte Holger darüber nach, was wohl mit Theresa los war. Dieser Verdacht, dass es vielleicht einen anderen Mann in ihrem Leben gibt, kam wieder hoch!

Jetzt wollte er sich Sicherheit verschaffen!

Gerade als Holger im Begriff war, die Haustür zu öffnen, klingelte auch noch das Telefon. Verärgert nahm Holger ab, es meldete sich Dr. Howard. „Spreche ich mit Herrn Ahrens?" „Aber ja." „Herr Ahrens, Entschuldigen Sie bitte die Störung, könnte ich Ihre Frau einmal sprechen?" „Tut mir leid, aber meine Frau ist nicht im Haus, vielleicht rufen Sie später noch einmal an?" „Ach, das ist sicher nicht nötig. Würden Sie Ihrer Frau bitte ausrichten, dass Jörn Heimann inzwischen hier in London schon von der Polizei wegen Drogenhandels gesucht wird?" „Wie bitte, ich verstehe nicht! Wer wird gesucht?" „Verzeihen Sie, Herr Ahrens, es würde zu lange dauern, wenn ich Ihnen jetzt den Zusammenhang erkläre. Wenn Sie Ihrer Frau bitte nur ausrichten würden, dass Jörn Heimann gesucht wird! Sie weiß dann schon Bescheid! Sie kann Ihnen die ganze Geschichte wohl besser erklären! Auf Wiederhören und viele Grüße an Ihre Gattin!"

Sein Misstrauen war schon durch ihr seltsames Verhalten gestiegen und nun noch dieser Anruf! Was hatte das alles zu bedeuten? Den Namen Dr. Howard hatte er schon einmal im Zusammenhang mit dem Tod von Sophia gehört. Normalerweise wäre es ihm nie in den Sinn gekommen, sich zu Hause näher umzusehen. Doch er hatte keine ruhige Minute mehr, er musste sich Sicherheit verschaffen. Ob Theresa einen Geliebten hat und ihn betrügt! Vielleicht hielt sie irgendwelche Briefe versteckt. Zögernd und mit einem schlechten Gewissen öffnete er ihre Kommode, in der sie alle ihre persönlichen Sachen aufbewahrte. Vor Erleichterung, dass sich nichts Verdächtiges darin befand, schloss er die Kommode wieder. Als nächstes schaute er in ihre Nachttischschublade. Ohne Erfolg. Holger fand nichts, was Theresa in irgendeiner Art belasten könnte. Beim Durchwühlen ihrer Handtaschen kam er sich dann doch richtig schäbig vor. Er fragte sich selbst: Was mache ich eigentlich hier? Bin ich noch ganz bei Sinnen? Etwas Schweres fiel ihm auf einmal in die Hand. Ein Diktiergerät! Nichts Besonderes, sicherlich hat sie einige Notizen darauf gesprochen. Holger war inzwischen abgehetzt und nervös, aufgebracht gegen sich selbst, fuhr er mit beiden Händen durch sein Haar.

Fast gleichgültig drückte er auf den Knopf, um das Gerät einzuschalten. Was hörte er da? Was waren das für Stimmen? Interessiert ließ er es noch einmal zurücklaufen und startete neu. Holger nahm eine fremde Männerstimme wahr, sie sagte: „Es zeigt mir das du vernünftig bist!" Theresas Stimme erkannte er sofort. „Du kannst froh sein, dass ich dich nicht anzeige!" Das Wort „Erpressung" fiel auch! Was hatte das zu bedeuten? Dann hörte Holger etwas wie „Sophia umgebracht"? Theresas Stimme war wieder lauter zu hören. „Du hast sie auf dem Gewissen!" Geräusche, anscheinend von vorbeifahrenden Autos, störten die Aufnahme.

Plötzlich wieder diese fremde Stimme. „Hast du das Geld mitgebracht?"

Einiges war sehr schlecht zu verstehen. Er ärgerte sich, dann aber Theresas Stimme: „Komm mir nie wieder unter die Augen!" Das war aber ganz genau zu verstehen. Immer wieder und wieder spielte er das Band ab, eindeutig kam er zu dem Entschluss: Theresa wird erpresst! Anders konnte es gar nicht sein. Beinahe schämte er sich, dass er sie verdächtigt hatte, sie würde ihn betrügen. Nur was hatte diese fremde Stimme bloß gegen Theresa in der Hand? Holger dachte angestrengt nach. Weshalb sagte sie ihm nichts? Hatte sie denn kein Vertrauen zu ihm? Er hätte ihr doch bestimmt helfen können. Um wie viel Geld handelte es sich eigentlich? Das konnte man aus dem Gespräch nicht erfahren. Holger erschrak plötzlich. Eilig öffnete er den kleinen Safe im Schlafzimmer. Im ersten Moment fiel ihm nichts Besonderes auf. Alles war in Ordnung, dann entdeckte er Theresas Sparbuch. Hastig blätterte er darin herum. Sie hatte also vor kurzem 10.000 Euro abgehoben. Davon hatte sie ihm nie etwas erzählt!

„Hallo Schatz!", begrüßte sie ihn fast beiläufig. „Wenn ich gewusst hätte, dass du heute Mittag nach Hause kommst, hätte ich dir doch etwas zu Essen gemacht. Soll ich dir noch schnell etwas zubereiten?" „Nein, nein, Theresa, lass mal, ich wollte mir nur ein paar Unterlagen abholen, die ich vergessen habe. Ich fahre auch sofort wieder!" „Ach so, ich will gleich auch noch einmal weg. Ich möchte für deine Mutter noch einen schönen Blumenstrauß besorgen." „Mach das, mein Schatz!" Hastig eilte Holger jetzt aus dem Haus und rief ihr zu: „Dann bis gleich, ich muss los!"

Holger überlegte kurz, aha, Theresa wollte also noch mal los, Blumen kaufen! Vielleicht sollte er ihr einfach mal hinterherfahren? Unter normalen Umständen wäre es ihm nie in den Sinn gekommen, seine Frau zu verfolgen. Er entschloss sich, in eine kleine

Seitenstraße zu fahren und wartete ab. Es dauerte nicht lange, da kam Theresa aus dem Haus. Sie stieg in ihren Wagen und fuhr los. Mit genügend Abstand, damit sie ihn nicht bemerkte, blieb er hinter ihr. Schnell erkannte er, Theresa fuhr nicht Richtung Innenstadt. Jetzt wurde es Interessant, sie fuhr also Richtung Schleswig. Holgers Spannung stieg an! Gerade bog sie ab und befand sich nun in Schleswig Stadt. Die Ampel schaltete auf Rot und Holger musste warten. Um sie nicht zu verlieren, fuhr er mit viel zu hoher Geschwindigkeit hinterher, bis er den kleinen blauen Golf von weitem wiedererkennen konnte. Schließlich fuhr der Wagen auf diesen großen Parkplatz am Kornspeicher. Nanu, dachte Holger, was will sie denn hier? Ohne sie aus den Augen zu verlieren, parkte er seinen Wagen ein Stück weiter unten in der Nähe des Campingplatzes. Holger beobachtete, wie Theresa über die Straße auf ein Restaurant zusteuerte. Sie ging nicht hinein, sondern in den kleinen Biergarten. Gut, dachte Holger, ins Restaurant hätte ich nicht gehen können, ohne Gefahr zu laufen, dass sie mich entdeckt. Eine halbhohe Koniferen-Hecke, die den Biergarten umschloss, diente als Sichtschutz zur Straße. Direkt an der Straße sah er keine Möglichkeit, unbemerkt hindurchzusehen. Holger schlich um die Ecke auf den kleinen Privatparkplatz. Von dort beobachtete er, wie Theresa sich zu einem Mann an den Tisch setzte. Der Biergarten war um diese Zeit noch wenig besucht. Holger war sich nicht ganz sicher, aber war das nicht der Typ, mit dem sie auf der Ausstellung diese heftige Diskussion hatte? Er sah ihn leider nur von hinten. Sein Gesicht konnte Holger nicht sehen. Jetzt kam ein Kellner, der sich dann aber wieder entfernte. Holger konnte Theresa jetzt ganz genau sehen, sie schien wütend zu sein. Wenn nicht gerade ein Auto vorbeifuhr, verstand er sogar was sie sagte. „Ich lasse mich von dir nicht weiter erpressen, merke dir das!" Ihren Ellenbogen stützend auf dem Tisch, drohte sie ihm während des Gesprächs immer wieder mit dem Zeigefinger! „Und wage es ja nicht noch einmal, dich meiner Familie zu nähern! Oder mich zu verfolgen!

Mach endlich, dass du von hier verschwindest!" Scheinbar antwortete er irgendetwas darauf, doch Holger konnte es nicht verstehen. Es muss etwas gewesen sein, was Theresa noch zorniger machte. Jetzt war sich Holger ziemlich sicher, das konnte nur der Mensch sein, der sie erpresste! Theresa sprang plötzlich auf und schrie ihn an: „Du bist doch der letzte Abschaum!"

Jetzt sprang der Mann auf und hielt sie grob an ihrem Arm fest. Mit gedämpfter Stimme sprach er wohl bedrohlich auf sie ein. Holger war drauf und dran, durch die Hecke zu springen. Doch Theresa riss sich ruckartig los und lief eilig aus dem Biergarten. Sofort stieg sie in ihren Wagen und fuhr scheinbar wütend davon. Holger wartete noch, bis dieser unsympathische Mensch den Biergarten verließ. Kurzentschlossen nahm er die Verfolgung auf. Der Erpresser fuhr Richtung Friedrichsberg und weiter auf der B76 Richtung Haddeby. Dann steuerte er auf einen kleinen Parkplatz zu. Dort parkte er seinen Wagen und stieg aus. Holger wartete und fuhr dann ebenfalls auf den Parkplatz. Er beobachtete, wie dieser Mann zu einem Bootssteg ging, der ihn zu einem nahezu runtergekommenen Boot führte. Holger stieg aus seinem Wagen und schlich sich näher ans Ufer. Ob dieser alte Kahn überhaupt noch fahrtauglich war? Er war sich da nicht so sicher. Die ehemals weiße Farbe blätterte teilweise ab. Einige Roststellen kamen zum Vorschein, an dem Mast hing eine nicht zu erkennende zerfetzte Fahne. Holger schlich bis ans Ufer. Hinter dem Schilf und den Wildrosenbüschen, die sich am Uferrand befanden, konnte man sich gut verstecken. Von dort hatte Holger freie Sicht. Holger horchte kurz auf. Was war das? Ganz in seiner Nähe plätscherte es laut. Erleichtert entdeckte er ein kleines Paddelboot aus Holz, das von der Sonne schon richtig verblichen war. Es dümpelte so vor sich hin. In dem Schilf trieb ein Entenpaar emsig ihre Kleinen zusammen. Aber da. Auf einmal sah er, wie dieser Mann es sich mit einer Flasche Bier auf dem Deck gemütlich machte. So, so, dachte Holger, du fühlst dich also sehr sicher. Nun weiß ich wenigstens, wo ich dich finde. Holger sah prüfend auf seine Uhr.17.10Uhr, es wird Zeit! Wenn ich gut durchkomme, fahre ich eine dreiviertel Stunde. Unbemerkt schlich er zurück zu seinem Wagen. Zügig startete er ihn und fuhr los. Zu Hause angekommen, täuschte er Theresa vor, dass er die Baustelle nicht eher verlassen konnte. „Ach Theresa, als ich meine Unterlagen abgeholt habe, hat ein Dr. Howard angerufen. Ich soll dir ausrichten, ein gewisser Jörn Heimann wird in London von der Polizei gesucht. Ich glaube wegen Drogenhandel. Ich verstehe nicht ganz, was hast du damit zu tun?" Dabei sah er sie prüfend an. Theresa erschrak! Etwas stotternd versuchte sie ziemlich harmlos zu erklären, dass dieser Jörn ein alter Bekannter von Sophia war. Eine uralte Geschichte. „Erzähle ich dir mal in Ruhe!" Auf dem Weg ins Bad, rief sie ihm zu: „Beeile dich lieber, sonst kommen wir noch zu spät! Ich habe dir schon alles zurechtgelegt!" „Vielleicht schaffen wir es noch pünktlich zum Abendessen." Unterwegs bewunderte Holger den schönen Blumenstrauß. Theresa wusste ganz genau, Clara liebte weiße Rosen über alles. Dass sie den Strauß schon einige Tage zuvor bestellt hatte, verschwieg sie natürlich. Als Theresa und Holger eintrafen, wurden sie schon sehnsüchtig erwartet, denn alle anderen Gäste hatten sich schon eingefunden.

Selbstverständlich beglückwünschten sie zuallererst das Geburtstagskind mit einer liebevollen Umarmung. Wobei Clara nur bedauerte, ein Jahr älter geworden zu sein. Obwohl man ihr die vierundsechzig keinesfalls ansah. Gerade heute, an ihrem Ehrentag, hatte sie sich besonders schick gemacht. Ihre dunklen Haare wie immer zu einem interessanten Knoten gesteckt. Der leichte cremefarbene Abendanzug mit passendem Top hob ihre Bräune hervor. Dazu trug sie die schöne Halskette, die sie von Stefan bekommen hatte. Theresas Idee mit dem Wellness-Wochenende fand großen Anklang bei Clara. Ihre Begeisterung ging so weit, dass sie sie den Vorschlag machte: „Wie wäre es Katharina, wollen wir nicht zusammen dort hin?" Katharina, die zwar Wert auf ihr Äußeres legte, aber nicht ganz so modebewusst war wie Clara, entgegnete: „Der Gedanke könnte mich schon reizen, ich überlege es mir noch." Axel sah indes seine Frau an und zog die Stirn kraus. „Wozu brauchst du Wellness? Du bist auch so schön genug." Mit dieser Bemerkung, löste er natürlich ein allgemeines Gelächter aus. Genau dies war auch seine Absicht, denn es fiel ihm heute besonders schwer, etwas zur Unterhaltung beizutragen. Lag es an Holger und Theresa? Denn außer bei der herzlichen Begrüßung, verhielten sich die beiden ruhiger als sonst. Nach dem Aperitif begaben sich alle Gäste zu Tisch. Während des Essens wurde Clara den Verdacht nicht los, dass irgendetwas nicht stimmte. Vielleicht hatten Axel und Katharina gerade einen kleinen Ehestreit? Axel, der sonst einen guten Appetit hatte, aß für ihre Begriffe sehr wenig. An ihrem Essen konnte es sicherlich nicht liegen, es gab Rinderfilet, das aßen Holger und Axel doch besonders gerne. Bei den Kindern war natürlich der Nachtisch das Wichtigste. „Keiner bereitet das Sommertiramisu so gut zu wie Trude", lobte Stefan. Dem konnte er nicht wiederstehen, deshalb langte er kräftig zu. Clara kam nach dem Essen auf die Idee, ein Gesellschaftsspiel für Groß und Klein zu spielen. Das Spiel nannte sich TABU. Einer zog eine Karte mit einem Begriff, er durfte den Begriff aber nicht verraten, sondern nur umschreiben. Die anderen Mitspieler mussten ihn erraten. Die Kinder waren eifrig bei der Sache, sogar die Erwachsenen fanden viel Freude daran.

Bedauerlicherweise mussten die Kinder am nächsten Tag zur Schule, daher fuhr Jenny mit Sebastian schon einmal vor. Anna-Maria wurde etwas mürrisch, sie wollte noch aufbleiben. Worauf Holger heftiger reagierte als sonst. Theresa sah ihn vorwurfsvoll an. Im Stillen dachte Clara, was ist nur mit den beiden los? Sonst sind sie doch nicht so streng! Ob Stefan wohl genauso dachte? Jedenfalls zog er sich nach dem Essen mit Axel zurück in sein Arbeitszimmer. Der Rest der Familie begab sich auf die Terrasse. Wie immer tranken Stefan und Axel erst einmal einen Cognac. Die Zigarren durften natürlich auch nicht fehlen. Nach dem ersten tiefen Zug eröffnete Axel ohne große Umschweife das Gespräch. „Stefan es ist an der Zeit, dass ich offen mit dir rede! Ich habe dir gegenüber nicht mit offenen Karten gespielt. Das hast du nicht verdient! Ich will ehrlich zu dir sein. Theresa hat ein uneheliches Kind. So nun ist es raus!" Einen Moment war es still im Raum. Stefan, der noch immer hinter seinem Sessel stand, zog an seiner Zigarre und blies ganz bedächtig den Rauch wieder aus, wippte auf seinen Zehenspitzen und griff mit dem rechten Daumen in seinen Hosenträger, bevor er ganz ruhig sagte: „Ich habe es schon lange vermutet, also ist an dem Geschwätz doch etwas dran." Axel sah ihn erstaunt mit großen Augen an. Stefan fuhr fort: „Ich will es dir sagen. Kurz nach der Hochzeit kam einer von deinen Stallburschen zu mir. Er war es, der mir diese Information in der Hoffnung gab, er könnte etwas Geld rausschlagen. Ich habe ihn zwar davongejagt, wurde aber den Gedanken nie richtig los. Als ich feststellte, dass deine Theresa, die ich übrigens sehr mag, regelmäßig nach London fuhr, gab mir das doch zu denken." Axel wäre am liebsten im Erdboden versunken als er fragte: „Aber warum hast du mich nie darauf angesprochen? Ich hätte dir doch alles erklärt!"

„Mein Lieber, ich habe gewartet, bis du selbst damit herauskommst! Ich verrate dir noch etwas, aber das bleibt alles unter uns! Mein Bauchgefühl sagte mir, dass dieser Sebastian vielleicht dein Enkel sein könnte!" Niedergeschlagen und mit Tränen in den Augen sah Axel jetzt zu Boden und schüttelte seinen Kopf. Mit einem Lächeln sah Stefan Axel jetzt an. Fürsorglich und aufbauend meinte Stefan: „Ich glaube, jetzt müssen wir doch noch einen trinken, um alles zu verarbeiten!" Anschließend erzählte Axel ihm die ganze Wahrheit. Stefan meinte zum Schluss: „Gut, es war eben eine Jugendsünde. Deshalb reißt man ihr doch nicht gleich den Kopf ab. Dummerweise hast du euch ganz schön in den Schlamassel geritten. Denn schließlich hast du deine Tochter genötigt, mit einer Lüge in die Ehe zu gehen, mein Freund! Wir müssen jetzt zusammenhalten, damit kein größerer Schaden entsteht. Noch wichtiger ist es, dass die jungen Leute ungeschoren daraus kommen!"

Beide einigten sich darauf, vorläufig mit niemandem darüber zu reden. So etwas war Ehrensache! Axel versicherte ihm, dass Theresa in den nächsten Tagen selbst alles aufklären würde.

Die übrigen Familienmitglieder saßen gemütlich auf der Terrasse, als die Herren sich wieder zu ihnen gesellten. Im gleichen Moment klingelte das Telefon. Stefan ging an den Apparat, der nur einige Schritte entfernt stand. Da er ziemlich laut sprach, hörte man ihn bis auf die Terrasse.

Plötzlich rief er: „Um Himmels Willen, was ist denn bloß passiert? Versuche dich zu beruhigen, wir kommen sofort!" Aufgeregt kam Stefan zurück. Sein Blick war auf Axel gerichtet als er erklärte: „Das war Jenny, sie ist vor eurem Haus niedergeschlagen worden! Und Sebastian hat man entführt!" Sofort sprangen alle auf. Theresa erstarrte fast, ihr schien jegliches Blut aus dem Gesicht gewichen zu sein. Katharina sah ihre Tochter entsetzt an, packte sie bei den Schultern und schüttelte sie. Axel kam hinzu und rief: „Mensch Mädchen, reiß dich jetzt zusammen, dein Kind ist in Gefahr! Verstehst du das nicht? Wir müssen los!" Schlagartig änderte Theresa ihre Haltung und wurde wieder aktiv. Holger und Clara beobachteten die Situation, jedoch ließ ihnen die Aufregung keine Zeit, weiter darüber nachzudenken. Stefan und Axel verständigten sich mit Blicken. Holger ertappte die beiden dabei! Was sollte er davon halten? Er konnte sich keinen Reim darauf machen. Dann schrie Theresa aufgeregt: „Schnell, schnell wir müssen los! Wir müssen Sebastian finden! Hoffentlich hat er ihm nichts angetan!" Eilig griff Holger nach den Autoschlüsseln seines Vaters und lief aus dem Haus. Stefan hatte Mühe hinterherzukommen. Clara blieb ratlos zurück. Axel, Katharina und Theresa stürmten fast gleich zeitig hinaus. Während sie im Wagen ihrer Eltern einstieg, rief sie Holger noch zu: „Ich fahre Vaters Wagen, es ist besser so!" Katharina wunderte sich, sie hatte extra keinen Wein getrunken, weil sie zurückfahren wollte. Unterwegs überlegte Holger, was hatte Axel zu Theresa gesagt? Dein Kind ist in Gefahr? Und dann der Blick zwischen Vater und Axel? Auf einmal fiel ihm auf, dass sein Vater während der Fahrt noch kein Wort gesprochen hatte.

„Vater, ich kann mir nicht helfen, ich denke die ganze Zeit nach. Gibt es irgendetwas, was ich wissen sollte?" Holger sah kurz zur Seite und guckte ihn prüfend an. Stefan räusperte sich ein wenig, bevor er sich dazu entschloss, seinem Sohn die ganze Geschichte zu erzählen. Als er endete, sagte Holger: „Ich verstehe nicht, warum hat sie mir nie etwas gesagt?" Im gleichen Augenblick fuhren sie auch schon die Allee hinauf, die zum Haus führte. Mit einer traurigen, belegten Stimme konnte Stefan gerade noch antworten: „Weil sie dich so sehr liebt und Angst hatte, dich zu verlieren!" Zur gleichen Zeit parkte Theresa hastig ihren Wagen. Aufgebracht hetzte sie sofort ins Haus. Katharina, Axel sowie Stefan und Holger schlossen sich ihr an. Jenny saß weinend in der Küche und hielt ein Handtuch auf die blutende Wunde an ihrem Kopf. Sie redete ganz durcheinander und konnte sich gar nicht beruhigen. Der Schock saß ihr noch in allen Gliedern. Axel rannte sofort zum Schrank und schüttete ihr einen Cognac ein. „Trink, Mädchen trinkt, das wird dir guttun!" Jenny schüttelte sich und trank ihn mit Widerwillen. Katharina sah sich erst einmal ihre Wunde am Kopf an, es blutete zwar stark, doch sie hatte scheinbar Glück gehabt. Es war nur eine Platzwunde. Schluchzend erzählte Jenny, wie sich alles zugetragen hatte. Angespannt hörten ihr alle zu, ohne sie zu unterbrechen.

„Als Sebastian und ich ankamen, sah ich wieder den alten, gelben Mercedes an dem kleinen Weg mit den Rhododendronbüschen. Auf einmal stieg Jörn hastig aus und kam auf uns zugelaufen. Ich dachte noch, wo kommt der denn auf einmal her? Sebastian rief freudig: „Sieh mal, Jenny, da ist Jörn!" Sein Gesicht war ganz verschwitzt und rot. Die Haare ganz nass oder fettig, richtig ekelig sah er aus. Auch die Kleidung war gammelig! Gerade als ich etwas sagen wollte, fauchte er mich an: „Gib mir den Jungen!" Sogar Sebastian bekam es jetzt mit der Angst zu tun. Ich lief so schnell ich konnte mit Sebastian an der Hand zum Haus. Gerade als wir die Treppe erreicht hatten, riss er Sebastian von mir los und schubste mich gegen das Geländer. Ich hörte noch wie Sebastian schrie: „Jenny, Jenny!" Im gleichen Augenblick spürte ich eine Hand in meinem Rücken und knallte mit dem Kopf auf die Treppenkante. Mehr weiß ich nicht! Irgendwann habe ich mich aufgesetzt, mein Kopf tat so weh! Dann rief ich Sebastian, immer wieder, doch er antwortete nicht. Langsam habe ich mich dann aufgerafft, um nachzusehen, ob das Auto da noch stand. Es war nicht mehr da! Da wusste ich, er hat Sebastian mitgenommen." Katharina schüttelte immer wieder ihren Kopf und hielt weinend die Hände vors Gesicht. Axel fluchte vor sich hin und rannte auf und ab. Stefan stand sprachlos vor Entsetzen nur da. Unerwartet schluchzte Theresa jetzt laut auf und weinte bitterlich! Herzzerreißend flehte sie:

„Bitte, bitte … Holger, hilf mir!"

Plötzlich dachte Holger an das Boot! Es wäre ja möglich, dass er Sebastian dort hingebracht hat. Mit einem Satz sprang er zum Telefon und benachrichtigte die Polizei. Axel hörte, wie Holger irgendetwas von einem Parkplatz und einem Boot an der Schlei erzählte. Theresa war so durcheinander, sie begriff gar nichts mehr!

Überraschend packte er seine Frau mit den Worten: „Komm Theresa, wir suchen Sebastian!" Sprachlos blieben alle anderen zurück und schauten sich fragend an. Vom Fenster aus sahen sie gerade noch, wie die beiden losfuhren. Unterwegs fragte Theresa ganz nervös: „Aber Holger, ich verstehe nicht, wo willst du denn hin?" „Das wirst du schon sehen, mein Schatz." Holger, der jetzt selber aufgeregt war, fügte hinzu „Warte es ab!" Ab dem Hinweisschild zum Campingplatz nahm Holger jetzt das Gas weg. Er schaltete die Scheinwerfer aus und bog ganz vorsichtig auf einen Parkplatz an der Schlei ein. Weiter rechts von dem Parkplatz führte ein Weg zum eigentlichen Campingplatz. Er parkte seinen Wagen so geschickt neben einem parkenden Wohnmobil, dass er nicht zu sehen war. Theresa blickte zum Steg, an dessen Ende ein Boot lag. Es brannte Licht auf dem Boot. Auf einem Tisch an der Seite flackerte eine Petroleumlampe. „Wie heißt noch der Mann, der dich erpresst?" Theresa sah Holger verblüfft an. Nur stockend brachte sie hervor: „Woher weißt du…?" „Das spielt jetzt keine Rolle. Also wie heißt er?"

„Jörn Heimann!" „Wenn ich richtig vermute, haust dieser Typ hier auf diesem Boot!" Plötzlich klopfte es an die Scheibe, Theresa und auch Holger erschraken. Zwei Männer im Jogginganzug standen davor. Holger ließ die Scheibe herunter, schnell stellte sich heraus, dass es Polizeibeamte waren. Sie teilten ihnen mit, dass sich noch weitere Kollegen in Zivil auf dem Parkplatz befänden. Vorläufig sollten sie in ihrem Wagen bleiben. Erst wenn die Gefahr vorüber wäre, dürften sie das Fahrzeug verlassen.

Ein kleiner Scheinwerfer ließ drei Männer erkennen, die sich auf dem Boot bewegten. Entsetzt rief Theresa: „Da, da ist Jörn, ich habe ihn genau gesehen!" Holger legte seinen Zeigefinger auf seinen Mund und gab ihr damit zu verstehen „Leise! Sonst hören sie uns noch!" Jetzt schlug einer von den beiden Fremden auf Jörn ein, der andere hielt ihn fest. In Windeseile sprangen drei Beamte, die sich im Schilf versteckt hatten, auf das Boot. Gerade versuchte einer von den beiden zu entkommen, es sah fast so aus, als wollte er ins Wasser springen. Doch er hatte keine Chance, einer der Beamten erwischte ihn so gerade noch. Den beiden und auch Jörn wurden sofort Handschellen angelegt. Die Beamten durchsuchten die Taschen der beiden Fremden und fanden einige Päckchen Rauschgift. Theresa zitterte am ganzen Körper und flüsterte: „Holger, ich habe Angst. Wo ist Sebastian? Hoffentlich haben sie ihm nichts getan!" „Wahrscheinlich hat er ihn in der Kajüte eingesperrt." „Das halten meine Nerven nicht aus, ich gehe jetzt zum Boot und suche Sebastian!" Sofort griff Holger nach ihrem Arm und hielt sie fest. „Sei doch vernünftig, die Polizisten wissen schon was sie tun!

Du würdest sie nur behindern!" Jörn, der inzwischen auf dem Boden lag, blutete aus Mund und Nase. Einer der Beamten verständigte den Notarzt. Zwei weitere Polizisten durchsuchten die Kajüte.

Voller Anspannung und bebend vor Angst wartete Theresa darauf, dass die zwei Beamten wieder zurückkamen. Holger, der besorgt den Arm um sie gelegt hatte, redete beruhigend auf sie ein. Es dauerte nicht lange, da kamen sie mit Sebastian an Deck. Von weitem riefen sie ihnen zu: „Dem Jungen ist nichts passiert, er war nur eingesperrt!" Nun gab es für Theresa kein Halten mehr!

Freudestrahlend lief sie ihm lachend und weinend zugleich entgegen. Stürmisch schloss sie ihn in ihre Arme und hielt ihn ganz fest an sich gedrückt. Es dauerte eine Weile, bis sie etwas sagen konnte. Die Tränen der Freude übermannten sie.

„Ach, Sebastian …ich hatte solche Angst um dich, mein Junge, jetzt habe ich dich endlich wieder! Und ich verspreche dir, ich gebe dich nie wieder her!"

Ergriffen von dem Anblick, kam Holger mit dicken Tränen in den Augen immer näher auf die beiden zu. Liebevoll umarmte er alle beide und sagte: „Das brauchst du auch nicht, mein Liebes, so einen prächtigen Jungen wie Sebastian habe ich mir schon immer gewünscht!" Lächelnd fügte er hinzu „Schade nur, dass du ihn mir so lange vorenthalten hast." Theresas Herz klopfte laut vor Freude. Überglücklich sah Teresa zu Holger auf, gerade wollte sie etwas sagen, da meldete sich Sebastian zu Wort!

Munter fragte er: „Darf ich dann auch wirklich für immer bei meiner richtigen Mum wohnen?" Theresa stockte fast der Atem. Fassungslos sahen beide Sebastian an. „Woher weißt du …?" Theresa war kaum in der Lage weiterzusprechen. „Sophia hat es mir erklärt!" „Was hat sie dir erklärt?", wollte Theresa jetzt ungeduldig wissen. „Sie hat mir erzählt, dass meine Mum in Deutschland noch eine andere Familie hat, um die sie sich auch kümmern muss! Dass sie mich aber ganz, ganz doll lieb hat! Das war doch unser großes Geheimnis. Ich habe Sophia versprochen, es niemanden zu verraten. Das war eigentlich gar nicht so schlimm! Als sie noch lebte, da war sie ja solange meine Mum. Und später als ich hier war, da hat Opa Axel mir gesagt, dass er mein richtiger Opa ist!" Verständnislos sah er jetzt Theresa an. „Mum, warum weinst du denn immer noch?" Lächelnd antwortete Holger für Theresa: „Weil deine Mum so glücklich ist, Sebastian!", dabei zwinkerte er ihm zu. „Frauen sind eben so!"

Sebastian sah Holger nun etwas kritisch an, bevor er zögernd die Frage stellte: „Bist du denn jetzt mein Dad?"

Holger strahlte ihn an, die Freudentränen in seinen Augen waren nicht zu übersehen. „Und ob ich das bin, mein Junge!"

Zeitfracht Medien GmbH
Ferdinand-Jühlke-Straße 7
99095 Erfurt, Deutschland
produktsicherheit@kolibri360.de